소설 仙

소설 仙

토정 이지함 ★ 명상 판타지

| 해보다 밝은 달 |

2

문화영 지음

수선재

소설 선(仙) - 토정이지함☆명상판타지②
ⓒ 문화영 2003

1판 1쇄 발행 2003년 3월 6일
1판 3쇄 발행 2003년 4월 7일

문화영 지음

펴낸곳 수선재 | **펴낸이** 이상훈

책임편집 장미리 | **마케팅** 노경철 | **삽화** 최경아·김민지
표지디자인 양금령 | **본문디자인** 이미연

출판등록 1999년 3월 22일 (제 1-2469호) | **주소** 서울 종로구 통인동 137-7 3층 (110-043)
전화 02)725-5877 | **팩스** 02)725-5857
홈페이지 http://www.soosunjae.com | **이메일** books@soosunjae.org

ISBN 89-89150-13-2 (전 3권)
　　　 89-89150-15-9 04810

* 잘못된 책은 바꿔드립니다.
* 이 책은 2000년 1월부터 인터넷(WWW.SOOSUNJAE.ORG)에
  '메릴린스에서 온 선인, 토정 이지함'이라는 제목으로 연재되었던 내용을 새롭게 엮은 것입니다.
* 이 책의 본문과 삽화는 저자와 출판사의 허락 없이 사용할 수 없습니다.

"신의 영역은

인간으로서는 영원히

넘볼 수 없는 것인가?"

차 례

제2막_아름다운 완성
구름에 걸린 다리 하나 • • • 9
나의 길! • • • 23
아름다운 완성 • • • 38

제3막_해보다 밝은 달
하늘은 맑았다 • • • 43
빨래하는 처녀 • • • 49
이곳이 말로만 듣던 선계인가? • • • 59
길이 아닌 길, 물이 아닌 물 • • • 75
천상의 맑은 소리 • • • 85
낭자는 뉘시며 이곳은 어디인지 • • • 93
별을 읽는 아이 • • • 99
세월 • • • 105

천자문 속의 우주 ••• 114
해보다 밝은 달 ••• 123
하늘은…… ••• 137
단전의 불이 산을 이루다? ••• 153
지함이 할 일이 있다 ••• 161
점박이의 방문 ••• 171
단화산에서 동막선생을 만나다 ••• 185
깊고 맑은 하늘의 눈 ••• 201
일곱 살, 길을 떠나다 ••• 215

제4막 _ 선화공(仙畵功)
하늘공부를 하려면 하늘로 가야 하지 않겠느냐? ••• 223
스승님이 사라지다 ••• 232
신비한 그림 ••• 241
하늘연못 속으로 ••• 258

구름에 걸린 다리 하나

· 73 ·

 이러저러한 생각을 하고 있는 사이 저 멀리 앞으로 아득한 실 같은 것이 보였다. 그것은 실이 아닐 수도 있었다. 선계의 안목으로는 보고 싶다고 생각을 하면 아무리 멀리 있어도 가까이 보였다. 그런데 지금은 아주 멀리 보이고 있는 것이다. 그것도 인간으로 있을 때처럼 멀리 아스라이 보이고 있는 것이다.

'무엇일까? 길인가?'

그랬다. 길이 보이고 있었다.

길!
길의 의미가 새삼 다가왔다. 무엇인가 있을 것 같았다. 길이 그냥 있는 것은 아닐 것이다. 상당히 많은 사람들이 지나간 것처럼 보였지만 지금은 아무도 지나가는 것이 보이지 않았다. 저 길은 누구인가가 지나갈 것을 염두에 두고 만들어진 것일 것이다.

'내가 가 보면 어떤가? 그래, 가 보자.'

이진사는 서서히 저만치 보이는 길의 입구로 내려갔다. 가려고 마음을 먹자 움직여지는 것이 꼭 인간으로 있을 때 천천히 미끄럼을 타고 내려가는 것 같았다.
길의 입구는 좁았다. 한 자 정도의 넓이인데 다리는 단단해 보였다. 허나 끝이 보이지 않는 길의 저 멀리가 공중에 걸려 있었다. 구름과 더불어 공중에 걸려 있는 다리의 끝이 보이지 않았다. 아마도 수만 리는 되지 않겠나? 이 시점에서 왜 나의 눈에 뜨인 것일까?

"가 보게. 가 보면 알 수 있을 것이네. 자네는 지금 자네의 자리로 가는 것일세."

"저의 자리라니요?"

"……."

더 이상 말이 들리지 않았다. 지금까지 보이던 것들이 전부 사라지고 없었다. 오직 구름에 걸린 다리 하나만 보이고 있었다.
끝이 없는 다리……. 이 다리를 건너야 자신의 길이 있다면 얼마가 걸리든지 간에 건너가야 할 것이었다.

'가 보자. 가서 나의 길을 찾으리라.'

길이 멀었다. 선계에서 이 정도라면 엄청난 거리일 것이다. 언제나 끝을 볼 수 있을 것인가? 이 길은 지금까지 알고 있던 선계와는 다른 길인 것 같았다.
선계란 마음먹는 것이 곧 행동으로 옮겨지는 경우가 많았다. 헌데 이 길은 보일 때부터 그것이 아닌 것이다. 선계의 다른 부분과는 차이가 있음을 느낄 수 있었다. 갑자기 자신이 없었다.
이 길은 무엇인가 다르다. 선계에서의 길이지만 속세에 있는 길과 비슷한 결과가 나올 것만 같은 예감이 들었다. 무엇인가가 마음을 가라앉지 않도록 하고 있었다. 이것이 두려움인가?

'모든 것은 하늘의 뜻일 것이다. 가지 못할 이유가 무엇인가? 더

욱이 저 길이 내가 가야 할 길이라지 않는가?'

"……."

　전에는 이렇게 생각하면 대답이 들렸다. 그런데 지금은 대답이 들리지 않는 것이다. 선계의 일부로 존재하던 전의 입장과는 달라진 것 같았다. 이러한 생각이 들자 머리 위와 다리 아래로 연결되어 있는 기운줄을 확인할 수 있었다.
　기운줄의 연결이 끊어진다면 과연 건너갈 수 있을 것인가? 용기가 생기지 않았다. 이진사는 다리의 초입을 향하여 천천히 발을 옮겼다. 얼마 건너가지 않았는데 갑자기 다리가 좁아 보였다. 아니 이렇게 좁은 다리는 아니었는데 어느새 한 뼘도 안 되는 좁은 다리가 되어 있는 것이다.
　점점 좁아지고 있었다. 앞으로 갈수록 다리가 아닌 줄타기가 되는 것 같았다. 그래서 실처럼 보였던 것인가? 이렇게 좁은 다리를 과연 건널 수 있을 것인가? 지금은 바람이 안 불지만 바람이 분다면 저 아래로 떨어질 것이었다.
　아래를 내려다보았다. 흰 구름이 보이고 있는 외에는 아무것도 보이지 않았다. 구름 아래는 무엇이 있을까? 속세일까? 속세는 무엇을 통하여 내려다볼 수 있을까? 이 다리에서 떨어지면 다시 지상으로 내려가는 것은 아닐까?
　전에는 아무런 두려움이 없었다. 그런데 지금은 속세에서 다리를 건너가는 것처럼 두려움이 몰려오는 것이었다.

'이 무엇인가? 내가 마음이 많이 약해진 것인가? 기운줄이 그대로 있는데 무엇이 무서울 것인가? 떨어진들 어디까지 떨어질 것이며 떨어진다 한들 또 선계가 아닌 것인가?'

이진사는 마음을 가라앉히며 서서히 앞으로 나아갔다. 다시 길이 한 뼘 정도로 넓어졌다. 마음먹기에 따라 길이 넓어지기도 하고 좁아지기도 하는 것 같았다. 한참을 가다가 뒤를 돌아다보니 자신이 떠나온 자리가 구름에 가려 보이지 않았다. 그냥 앞만 보고 가야 할 것 같았다.

천천히 마음을 가라앉히며 계속 앞으로 나아갔다. 아득히 무엇인가가 보이고 있었다. 멀리 바다에 떠있는 섬 같기도 하고 산 같기도 한 것이 보이고 있었다. 바다 위에서 수평선에 보이는 섬을 보고 있는 것 같았다. 구름 위로 솟아 있는 그 섬과 같은 모양은 끝없이 멀리 있는 것 같았다.

'저렇게 멀리에 있다면 얼마를 걸어야 할 것인가?'

선계에 있다면 마음먹기에 따라 단숨에 달려갈 수도 있을 것이었다. 그런데 지금은 그것이 아니었다. 한발 한발 걸어가야 하는 것이었다. 아주 천천히 한발 한발 걸어서 가야 하는 것이었다.

인간으로 있을 때가 생각났다. 그때는 이렇게 걸어서 다녔던 것이다. 한 발자국, 한 발자국 멀리만 보이는 길을 걸어가야 하는 것이었다. 그래도 다행으로 생각되는 것은 해가 지지 않는 것과 배가 고프지 않다는 것이었다.

인간으로 있다면 이 정도 먼 거리를 맨몸으로 걸어서 가는 것은 불가능할 것이었다. 그런데 그래도 선계이므로 인간의 속도로 걸어간다고 해도 도착하는 것은 가능할 것이었다. 이진사는 한발 한발 계속해서 앞으로 나아갔다.

· 74 ·

'가야 한다. 이 길은 누가 대신 가 줄 수 없는 나의 길인 것이다. 가자, 힘내서 걷자.'

길은 좁아졌다가 넓어졌다가 했다. 좁을 때는 한 뼘도 되지 않다가 넓을 때는 간신히 옆으로 누울 수 있을 정도의 넓이였다. 많은 사람들이 건너간 것 같지는 않았다. 하지만 기체(氣體_기로 된 몸체)가 걸어간다면 닳은 흔적이 남지 않을 것이다. 기체가 건너간들 무슨 발자국이 남을 것이며, 닳은 흔적이 남을 것인가? 아무런 자국이 없을 것이다.

'그렇다면 이 길 역시 수많은 사람들이 걸어서 건너간 것일까?'

"그렇게 많은 사람들이 건넌 것은 아닐세."

다시 선인의 말이 들렸다.

"지금까지 한동안 왜 말씀이 없으셨는지요?"

"그곳은 대화가 불가능한 구간일세. 혼자 마음의 결정을 하여야 하는 구간이기 때문이지."

건너갈 것인가 아닌가에 대하여 스스로 결정을 내려야 하는 구간이었던 것이다. 그렇다면 앞으로도 중요한 결정을 내림에 있어서는 어떠한 조언도 구할 수 없을 것인가?

"그러하네. 선계의 모든 일은 자신의 책임하에 이루어지는 것이지. 따라서 중요한 일에 닥쳐 누구의 조언을 구하는 일은 현재 자네에게는 불가능한 일일세."

'그랬었구나. 건너지 않았다면 어떠한 결과가 나왔을 것인가?'

"그 시험에 대한 결과는 아직 나오지 않았네. 자네가 결정을 잘한 것인가, 아닌가에 대하여는 나중에 알게 될 것일세. 어떠한 결정을 내리든 본인이 책임을 져야 한다는 것은 분명하나 그 과정이 전부 끝나기 전에는 해답을 알 수 없지."

'그렇구나. 나는 지금 시험 중이구나. 지금부터는 어떠한 것을 물어 보아도 소용이 없을 것이다. 나의 결정으로 가는 것이다. 어느 누구의 도움도 없이 가 보아야 할 것인가?'

그러기를 기원해도 그렇게 될지는 알 수 없었다. 하지만 그러한 마음으로라도 가야 할 것 같았다.

'간다. 혼자서 간다. 누구의 도움도 필요치 않다. 모두 나 혼자의 힘으로 해낼 것이다.'

바로 그 순간 이진사의 기체가 가벼워졌다. 발걸음이 가벼워지며 속도가 빨라지는 것이었다. 아마도 두 배는 빨라진 것 같았다.

'이런! 생각 한 번에 이러한 효과가 나다니……'

마음먹기에 따라 항상 변수가 있는 것이 선계의 일이었다. 아마도 누군가의 도움을 바라면서 가려 했다면 몸이 무거워서 더 이상 발걸음을 옮기지 못하고 말았을지도 모를 일이었다.

'잘 생각한 것이네.'

자신의 내부에서 말이 들렸다. 하지만 자신의 생각이 아닌 것 같은 생각이 들기도 하였다.

'나 아닌 또 하나의 나인가?'

그러나 혼자 가 보려 마음을 먹었으므로 다른 대답은 들리지 않았다.

'버려 두시옵소서. 하늘이 저의 마음을 아시고 계신다면 어떤 일이야 있겠습니까?'

그렇다. 이 세상은 모두 혼자서 가는 것이다. 그러므로 다른 분에게 폐를 끼쳐 가며 간다는 것 역시 도리는 아니리라. 하지만 누군가 자신을 지켜보고 있음을 알 수 있었다. 자신이 혼자 간다고 해서 그냥 버려 두는 것은 아니었다.

다만 그대로 놓아두고 있을 뿐이었다. 누군가가 지켜보고 있다는 것이 어느 정도 위안이 되기는 하였다. 하지만 그것마저 잊고 가 보려 애썼다. 모든 것은 나의 책임하에서 일어나는 일이다. 어떠한 일이 일어난다고 해도 누구에게 책임을 전가시킬 수 있는 일은 아닌 것이다.

'지금부터는 모든 것을 철저히 혼자서 해내 보리라. 그것만이 나의 길을 스스로 알아서 갈 수 있는 길이 아니겠는가? 그래야만 그 길을 가고 나서 나 혼자 갔노라고 할 수 있지 않겠는가?

　수련이란 것이 원래 혼자서 자신의 길을 찾아가는 것이 아니었던가? 그럼에도 누구에게 의지하며 가려 한 것 아니었던가? 도의 길을 가면서 점차 알아지는 것은 바로 항상 혼자였으며 그 혼자라는 사실이 더없이 편안한 것이고, 그러한 의식이 성장하여 드디어는 한 분야를 책임질 수 있는 그릇이 되어 간다는 것 아니었던가?

· 75 ·

'모든 것을 이제는 혼자서 해 보리라.'

　발걸음이 가벼워지자 더욱 속도가 빨라졌다. 길은 더욱 넓어졌으며, 가는 발걸음도 편안해졌다. 이제는 두려움 없이 갈 수 있을 것 같았다. '언제 저 길을 갈 수 있을 것인가.' 하는 걱정을 하였던 일도 옛일 같았다. 그럼에도 그 길은 멀었다.

'이 길이 이렇게 먼 것도 다 이유가 있을 것이다. 천천히 가자.'

　하얗고 푸른 하늘이 보였다.

'저 하늘은 지상에서 보던 그 하늘일까? 아니면 다른 하늘일까?'

아마도 같은 하늘은 아닐 것 같았다. 지상에서 보던 하늘은 우주의 전부처럼 여겨졌었지만 우주에서 보는 하늘은 아주 일부만 지상의 하늘일 것 같았다. 어쨌든 아무 생각 없이 앞으로 가는 길만이 지금 내가 할 수 있는 일일 것이다.

그러나 어쩌면 상당히 많은 시간이 걸릴 것 같았다. 시간이 많이 걸린다면 그동안 무엇을 할 수 있을 것인가? 생각을 하는 것만으로 상당한 효과를 거두고 있는 선계가 아니던가?

생각을 속일 수 없는 곳. 생각을 하는 그대로 드러나는 곳. 생각을 바로 하는 버릇이 들지 않는다면 정말로 힘든 곳이 될 수도 있었다. 자신의 생각을 숨기며 생각과는 다른 말을 하고 살아가는 것이 속세의 일이었다. 헌데 이곳은 그것이 안 되는 곳이었다.

생각을 하는 순간 그것이 외부로 표현되고, 그것이 다른 선인들에게 알려지며, 선계의 모든 선인들이 알 수 있는 상태가 되는 것. 아마도 기(氣)적인 상태이므로 이것이 가능한 것 같았다. 이것이 선계의 실상인 바에야 행동과 마음이 일치하지 않는 사람이 온다면 불일치로 인하여 상당한 혼선이 오도록 되어 있었다. 그 주위는 물론 상당히 멀리까지 파장의 혼란이 있었던 것이었다.

우주란 정리된 곳이어서 정리 상태가 흐트러지는 순간 주변의 혼란이 오도록 되어 있었던 것이었다. 따라서 정제된 사람만이 입장이 허용되었으나 이진사의 경우 다행히 마음을 다스리는 법을 어느 정도 익힌 상태이므로 혼란이 없이 이 정도의 상태에서 오게 된 것이었다. 인간들이 몇 명만 온다 해도 많은 혼란이 올 것이란 생각이 들었다.

 이러한 생각을 하는 순간 다리가 흔들렸다. 바람은 없는데도 다리가 흔들리고 있었다. 그대로 서 있을 수가 없을 만큼 흔들리고 있었다. 이 정도라면 떨어지지 않고 서 있는 것은 불가능하였다.
 흔들림이 점점 심해지고 있었다. 떨어지지 않으려면 다리에 상당한 힘을 주어야 했다. 그런데도 다리의 흔들리는 정도가 심해지며 드디어는 다리가 뒤집어짐에 따라 이진사는 발을 헛디디며 아래로 떨어질 수밖에 없었다.

· 76 ·

 한참을 풍선처럼 서서히 떨어지던 중 무엇인가가 닿는 것이 느껴졌다. 차가웠다. 섬뜩할 정도로 차가운 것이 닿는 것이었다.

 '무엇일까?'

 인간으로서 상상할 수 없을 정도의 온도, 아마도 영하 수천 도는 될 듯 싶은 온도였다. 이렇게 기체임에도 뼈가 시릴 정도의 온도가 있다니!? 이러한 냉기를 전에도 한번 겪은 것 같았다. 언제인가는 모르지만 아스라한 기억 속에 남아 있었다. 그 당시의 기억이 다시 살아나는 것 같았다.

'이게 무엇일까? 정신을 차리지 못하여 다리에서 떨어지다니!'

정신을 차렸으면 이러한 일이 없었을 것을 마음의 평정을 잃음으로써 이러한 일이 생긴 것 같았다.

'다시 다리 위로 올라가는 방법은 없는 것일까? 이 상태로 나의 길을 가지 못하고 마는 것일까?'

언뜻 무엇인가 손에 만져지는 것이 있었다. 사람의 일부인 것 같았다. 하지만 보이지 않아 무엇인가 정확히 알 수는 없었다. 칠흑 같은 어둠 속이므로 바닥이 무엇으로 되어 있는지도 알 수 없었다.
마음을 가다듬고 자신을 돌아보았다. 두려움이 몰려왔다. 뼛속까지 몰려오는 두려움이었다. 일찍이 느껴 본 적이 없는 두려움이었다. 두려움이 일자 그 두려움이 다시 두려움을 몰고 와서 두려움의 정도가 갑자기 수백, 수천만 배로 증가하는 것이었다. 이 세상이 모두 두려움이었다.

'두려움의 우주가 있었단 말인가? 이러다간 내가 두려움에 묻히어 사라지는 것은 아닐까? 이럴 수는 없다. 내가 누구인데, 얼마나 힘들여 이곳까지 왔는데 지금 이러한 곳에 떨어져서 사라져야 한단 말인가?'

이진사는 두려움을 참으며 자신의 마음을 추스리려 노력하였다. 기안으로 보아도 아무것도 보이지 않았다. 느껴 보려 해도 느껴지는 것이 전혀 없었다. 금감(禁感)의 세계, 일체의 감각이 차단된 곳에 있는 것이다. 다만 그 차가움은 감각이 전혀 없으므로 착각처럼 느껴지는 것 같았다.

'이러한 곳이 있다니!'

기로 움직이는 우주에서 전혀 기감(氣感)이 통하지 않는 곳이 있다니 전혀 뜻밖이었다. 우주에 이러한 곳이 있다는 말은 전혀 들어보지 못했었다. 모든 것은 기로 움직이고, 기로 소통되며, 기로 운영되는 곳이 바로 선계 아니던가?

'나의 감각은 이제 쓸모가 없어지는 것일까?'

아닐 것이다. 이러한 모든 것이 어떠한 과정이며 나의 길일 것이다. 나의 길이 아니라면 내가 가야 할 이유가 있겠는가? 이 모든 것이 내가 가야 할 길이며 나의 길일 것이다. 반드시 전에 건너려 했던 그 다리만이 나의 길이 아니고 우주에 이러한 곳이 있음을 아는 것 역시 내가 가야 할 길 중의 하나가 아니겠는가?

나의 길!

· 77 ·

'그렇다. 이 길이 바로 나의 길인 것이다. 어느 곳은 나의 길이고, 어느 길은 나의 길이 아니라고 할 수 있을 것인가? 편안하다고 나의 길이며, 편안하지 않다고 나의 길이 아닐 것인가?'

이러한 생각을 하는 순간 이진사는 마음이 편안해지고 있는 자신을 느꼈다.

'그렇다. 이곳이 나의 길이다. 나의 길을 가자. 느낌이 없으면 없는 대로 나의 길이 있지 않겠는가? 가자.'

느끼지 못할 정도로 아주 서서히 앞이 밝아 오고 있었다. 서서히 밝아져 오고 있는 것을 보니 어딘가 낯익은 광경이었다. 전에 언젠가 한번 본 곳인 것 같았다.
사방이 얼음으로 뒤덮여 차갑기 그지없었으며, 바람은 없었으나 지상에서 느껴 보지 못한 엄청난 냉기로 뒤덮여 있었다. 풍경은 아주 삭막하고 추웠으나 무언가 느낌상으로는 따뜻한 부분도 있었다.

'이게 무엇인가? 내가 마음을 잘못 써서 이렇게 된 것일까?'

그런 것은 아닌 것 같았다. 마음을 잘못 썼다면 더 이상의 벌칙이 있을 것 같았다. 그러나 그렇지 않을 수도 있었다. 기감이 통하지 않는 것보다 더한 벌칙이 있을 수 있을 것인가? 현재의 자신으로 본다면 인간으로 있을 때보다 나은 것이 없었다.

'이것이 본래의 나의 모습인가?'

그런 것 같았다. 주변에는 아무도 없었다. 누구든 있기라도 한다면 어쨌든 물어볼 수도 있으련만 아무도 없으니 물어볼 수도 없었다.

'그렇다면 이 난국을 타개할 방법은 없는 것일까?'

아마도 없을 것 같았다. 이곳은 길이 보이지 않는 곳이다. 길이 보이지 않는다면 여기에서 가만히 있어야 하는 것인가? 엄청난 추위지만 인간의 몸이 없어 그런 대로 견딜만하기는 하였다.
하지만 엄청난 냉기는 기체의 사이사이를 타고 들어와 여전히 기체 상태인 자신마저도 분해해 버릴 것만 같았다. 인간이었다면 몇 분을 버티기에도 힘겨울 정도의 냉기였다.

'기감이 살아 있다는 말인가? 그렇지 않고서는 이렇게 냉기를 느낄 수 없지 않겠는가?'

이러한 것을 무엇이라고 생각해야 할지 몰랐다. 어쩌면 살아 있는 것 같고, 어쩌면 그렇지 않은 것 같은 이러한 상태를 무엇이라고 생각하여야 할 것인가?
앞의 얼음은 그대로 있었으나 사이사이에 물도 있었다. 물에 얼음이 떠 있는 상태였으나 얼음의 규모가 너무 커서 얼음 사이에 물이 고여 있는 것처럼 보였다. 그것 말고는 아무것도 보이는 것이 없었다. 이렇게 큰 얼음을 본 적도 없거니와 이러한 추위를 겪은 적도 없는 이진사의 경우 대책이 난감하였다.

'나의 잘못이 얼마나 크기에 선계에 와서 다시 이러한 고초를 겪어야 하는 것인가? 마음을 비우느라 하였건만 아직도 나의 길은 험하기 그지없는 것일까?'

이진사는 마음을 가라앉히고 앞으로의 일을 어떻게 하여야 할 것인가 서서히 생각해 보았다. 대안이 마땅치 않았다. 저 앞으로 그대로 나갈 수도 없는 문제였다. 그렇다고 이대로 있을 수만도 없었다. 언제까지 이대로 있는단 말인가?
가만히 얼음을 보았다. 저 멀리에 있는 얼음 속에서 무슨 빛이 번쩍한 것 같았다. 무엇인가가 보이고 있는 것 같았다. 다른 얼음은 하얀 색깔을 보이고 있는데 한 얼음에서만 색깔이 보이고 있는 것이었다. 높이가 약 세 길(한 길은 사람의 키 정도의 길이), 넓이는 두 길 정도 되는 얼음 덩어리였다.

'무엇인가?'

선계에 온 이후 전혀 상상치 못했던 것들을 많이 보아 왔는지라 이제는 큰 기대를 하지 않았다. 그저 무엇이 있으면 가 보아야 할 것 같은 생각이 드는 것이었다. 저곳으로 가려면 얼음을 밟고 건너가야 할 것이었다. 발이 시릴 것 같아 아래를 내려다보았다. 발에는 아무것도 신은 것이 없었지만 아직도 인간의 습성이 남아 있는 것 같아 웃음이 나왔다.

  천천히 마음을 움직여 앞에 보이고 있는 얼음으로 다가갔다. 다가갈수록 얼음의 규모가 커지고 있었다. 아니 얼음이 커지는 것이 아니라 자신이 작아지고 있는 것 같았다.

'내가 작아지다니……'

이것은 또 무엇인가? 얼음 속에 있는 무엇을 알아보려 한 것이건만 이렇게 변화되는 것은 또 무엇인가? 앞에서 가만히 보고 있자 얼음이 녹아내리며 그 안에 있던 실체가 나타났다.

  성(城)이었다. 커다란 성이었다. 하얀 석고와 같은 것으로 만들어진 성이었다. 성벽이 높았다. 수십 길은 될 것 같았다. 그러나 문이 보이지 않았다. 이진사는 천천히 그 성을 한 바퀴 돌았다. 성의 뒤로 돌아가자 점차 성벽이 낮아지다가는 나중에는 성벽이 없어지고, 성 안이 들여다보였다.

  한 사람이 옷이 벗겨진 채 하부만 천으로 가린 상태에서 땅에 박힌 두 길 정도의 나무에 묶여 있었다. 그 주변에는 서너 명의 로마 군인을 닮은 병사들이 삼지창 같은 것을 들고 서 있었다. 그뿐이었다. 아무런 말도 없었으며, 그 안에는 시간의 흐름도 없는 것 같았다.

'도대체 이것을 보여 주고 있는 의도가 무엇일까? 아직 나의 과정이 끝나지 않은 것은 분명하다. 지금 보고 있는 것조차 나에게는 하나의 과정일 것이다. 이러한 것을 보아 두는 것이 나에게 필요할 것일 테니 보아 두도록 하자.'

이진사는 편히 생각하기로 하였다. 지금 보고 있는 저 광경을 전부 이해할 수는 없을 것이었다. 하지만 그렇다고 하더라도 이 과정에서 알 수 있을 만큼 알아두는 것이 필요할 것이니 이곳에서 얼마간은 머물러야 할 것이었다.

자리를 잡고 마음을 편안히 한 후 가만히 바라보았다. 묶여 있는 사람의 얼굴이 어딘가 낯익었다. 이게 누구인가? 바로 자신의 얼굴이었다.

'내가 왜 이러한 곳에 와 있는가?'

자신이 이러한 곳에 와 있을 이유가 없었다. 더구나 저렇게 매달려 있다니? 서서히 그 사람에게 다가가자 점차 상호 간의 영상이 일치되더니 어느덧 묶여 있는 그 사람의 눈으로 들어와서 세상을 바라보게 되었다.

다시 앞에 펼쳐지는 광경이 바뀌었다. 수많은 사람들이 아우성을 치고 있었다. 기아와 헐벗음에 허덕이는 많은 사람들이 뜨거운 땡볕 아래에서 허우적거리고 있었다. 굶주린 많은 사람들의 영혼이었다. 끝이 보이지 않았다. 저 많은 사람들이 무슨 이유로 저런 어려움을 겪어야 한단 말인가? 무슨 죄인가?

  점차 보이는 부분들이 희미해져 갔다. 이번에는 푸른 바다였다. 모든 것을 집어삼킬 듯한 파도가 넘실대고 있었다. 무서운 크기의 파도였다. 점점 아무런 생각이 없어져 갔다. 그 외에도 수많은 광경들이 바뀌어 갔다.

  그러나 그것들이 바뀌는 것은 자신의 머릿속에 남아 있던 생각들이 소진되어 가고 있는 것이었다. 자신의 머릿속 어딘가에 남아있던 그 많은 생각의 찌꺼기들이 이러한 과정을 통하여 사라지고 있는 것이었다. 머리가 가벼워지는 느낌이 들었다.

  그렇다. 생각이 사라지고 있는 것이다. 생각을 불러일으켜 판단을 혼탁하게 할 수 있는 과거의 잔존물들이 사라지고 있는 것이었다. 자신의 전신이 정화되어 가고 있는 느낌이 들었다. 언젠가는 이러한 과정을 겪으며 가야 할 것이었다. 이 모든 과정은 전부 자신의 영혼에 대한 탈색과 성장에 도움이 되는 것이리라.

  다시 앞이 어두워져 왔다. 발바닥의 밑부분이 낯익은 감각으로 바뀌었다. 언젠가 밟았던 감각이 살아오는 것이었다. 눈을 감았다. 아무것도 보이지 않았다. 무엇인가 보여야 하는데 보이지 않고 있는 것이다.

· 78 ·

갑자기 몸이 위로 끌려 올라갔다. 마치 줄로 묶어서 끌어 올리는 것처럼 올라가자 서서히 멈추어 서더니 어딘가 내려졌다.

"이제 눈을 떠 보게."

'얼마만의 기음(氣音)인가? 다시 말이 들리다니!'

다시는 들을 수 없을 것 같았던 선음(仙音)이 들리는 것이었다. 눈을 뜨자 자신이 건너던 다리 위에 서 있었다. 자신이 건너다가 떨어져 내렸던 바로 그 위치에 서 있는 것이었다.

'이것은 또 무슨 조화인가? 지금까지 내가 꿈을 꾸었단 말인가? 이 자리는 무엇이고, 지금까지 겪은 것은 또 무엇인가?'

"지금까지 그냥 본 것은 아닐세. 자네는 자네가 겪을 것을 겪은 것이네."

'그렇다면 나는 얼마의 역경을 더 겪어야 한단 말인가?'

"역경이라고 할 수 없지. 당연히 겪어야 할 것을 겪는 것일세."

"겪어야 할 것이라면 어떠한 것을 말씀하시는 것인지요?"

"자네가 전생에서 보고 들었으나 마음속에 새기고 털어 버리지 못한 부분을 지금 보고 겪으며 털어 버리고 있는 것이지."

'그랬었구나. 내가 가지고 있던 기억 속의 모든 것들이 나타나서 나의 앞에 보였던 것이구나. 이러한 모든 것들이 전부 겪어야 할 것이라면 앞으로 상당 부분을 겪어야 할 것이다. 그렇다면 이 다리를 건너가는 것은 아마도 엄청난 시일을 요할 것이 아닌가?'

"반드시 그렇지는 않을 것일세. 자네가 생각하기에 따라 금방 건너갈 수도 있지."

'그럴 수도 있을 것이다. 아마도 나의 마음가짐이 어떻게 변하는가에 따라 길지 않은 시간 내에 건너갈 수도 있을 것이다. 허나 이곳을 건너가면 또 어떠한 일이 기다리고 있을 것인가?'

"그 걱정은 하지 않아도 되네. 앞일은 누구도 알 수 없는 것이지. 특히 자네와 같은 경우는 아직 선계에 입적(入籍)이 되지 않은 상태이므로 많은 생각을 필요로 하네."

"생각이라니요?"

"비우는 생각일세. 지상에서 수련을 할 때 비워야 하는 이유를 알겠는가? 비움은 곧 가벼움이고 가벼움은 곧 위로 올라갈 수 있음을 뜻하는 것이며, 위로 올라갈 수 있음은 곧 하늘에 다가갈 수 있음을 뜻하는 것이기도 하지."

'그랬었구나. 하늘을 항상 옆에 있는 것으로 생각했다. 하지만 하늘은 위에 있는 것인가?'

"하늘은 위에 있네. 물질적으로는 항상 옆에 있는 것으로 생각이 되며 사실상 그렇다고 할 수 있으나 정신적으로는 상당히 높이 있다고 할 수 있지. 정신적인 위치는 높이 있으면서 어디에나 영향을 미치는 것이라고 할 수 있지."

'어떻게 구분을 하여야 할 것인가? 옆에 있으면서도 높이 있는 것……'

"간단히 생각하면 되네. 서당의 훈장들께서는 항상 학생들이 생각지 못할 정도로 높은 경지에 계시지만 한 교실에 서 있지 않은가? 그러한 이치와 같은 것이지."

알 것 같았다. 모든 것은 생각하기에 따라 높아지기도 하고, 낮아지기도 하는 것이었다. 자신의 생각이 바뀐다면 얼마든지 등급이 변할 수 있을 것이다. 하지만 그렇지 않다면 자신의 위치에서 언제까지든 머물러야 할 것이었다.

"바로 그것이네. 자네의 생각이 가장 중요한 것이네."

자신의 생각이 바뀌어야 한다는 것은 알고 있었다. 하지만 어떻게 바뀌어야 할 것인가에 대하여 알지 못하고 있었다.

"어떻게 바뀌어야 하는지요?"

"자신을 버려야 하네. 자신을 버리지 않고는 무거워서 건너기 힘들 것이네."

'자신을 버리라니? 나를 이보다 더 어떻게 버린단 말인가?'

"아직 자신이 무거워서 그런 것일세. 자신의 무게가 그렇게 무거워서는 이 다리를 건널 수 없네."

건널 수 없다니? 이만큼 가벼운 사람도 있는가 싶게 가볍게 느껴지는 자신이었다. 그런데 자신이 무거워서 건널 수 없다니? 이 다리의 무게는 도대체 얼마나 가벼워야 견딜 수 있단 말인가?

"선인이 아니고는 건널 수 없을 것일세. 자네는 아직 선인이 아니므로 이 다리를 건널 수 있을 것인가 장담하기 어렵네."

'그렇구나. 이 다리가 실처럼 보인 것이 그러한 이유였구나.'

그러한 말을 듣고 보니 거미줄보다 더 무게를 견디는 힘이 없어 보이는 것이었다. 이래가지고는 정말로 건너기 어려울 것 같았다. 처음에는 그저 멀어 보이기만 하는 이 길을 가기만 하면 될 것으로 생각하였다. 그런데 그것이 아닌 모양이었다.

'진정 문제는 어디에 있는 것일까? 나의 어디에 문제가 있어 선계의 입적이 이렇게도 어렵고 더딘 것일까?'

"생전에 수련을 하면서 자신의 무게를 덜지 않으면 사후에 하기가 어려운 것이지. 사후란 어디까지나 생전의 존재를 그대로 평가하는 곳이기 때문이네."

'그랬었구나. 하지만 나의 최선을 다하지 않았는가? 나의 역량으로 할 수 있는 부분을 전부 하였다고 할 수 있다. 그럼에도 이 정도의 평가를 받는다면, 수련을 한 사람은 어떠한 평가를 받는 것일까?'

갑자기 앞이 훤해져 왔다. 구름이 빛을 내며 뭉게뭉게 일어나서 커져 오는 것 같았다.

'무엇인가?'

이제는 어떠한 일에도 마음의 동요가 별로 없었다. 선계의 일이란 것이 변화무쌍한 탓도 있으려니와 그것을 받아들이는 자신의 마음가짐이 더욱 문제인 것 같아서 가급적 잔잔한 마음가짐을 지니려 노력한 것이 그런 대로 진전을 보고 있는 것 같았다.

저 안에서 또 무슨 조화가 일어나려나 하며 바라보았으나 얼마간 아무런 조화도 보이지 않았다. 다리가 어디에 걸렸는지 보이지 않았다. 다리의 모습이 보여야 얼마나 더 가야 하는 것인가 알 수 있을 것인바 저만치 앞의 다리의 모습이 보이지 않았다. 다리가 있는데 보이지 않는 것인지 다리가 없어서 보이지 않는 것인지 알 수가 없었다.

'나의 눈으로는 알 수 없을 만큼 무디어져 있는 것인가?'

이진사는 가슴 한구석이 답답해져 왔다. 자신의 무능이 한스러운 것이었다.

· 79 ·

 이진사는 앞으로 걸음을 옮겼다. 다시 다리가 넓어졌다. 그런 대로 걸을 만한 정도까지 넓은 길이었다. 다만 흰색의 판일 뿐 아무것도 없었다. 아래로는 구름이 끝없이 펼쳐져 있었다. 구름도 곱디고운 흰색이었다. 이렇게 고운 색깔의 구름이 있다니!
 구름의 빛깔이 이렇게 고운 것은 처음 보는 것이었다. 흰색이되 옥처럼 푸른빛이 은은히 도는 흰색이었다. 구름을 내려다보며 이런저런 생각에 잠겼다. 지난날들의 일이 떠올랐다.
 지상에 있을 때는 저렇게 구름이 아름답지 않았었다. 그런데 지금 보고 있는 구름은 너무나 아름다운 것이다. 지상에서 있었던 어떠한 일들도 이곳에 오면 저렇게 아름다워질 수 있는 것일까?

 "그렇지 않네. 자네의 마음이 그만큼 고와졌다는 뜻이지."

 "고와졌다는 것은 마음이 비워졌다는 뜻입니까?"

 "그러하네. 우주에서는 인간들의 마음이 비워졌을 때 더욱 많은 것을 채워 주시지. 선인들이 하는 일은 인간들의 마음이 비워졌을 때 우주로 채워 주시는 것이네."

 '그렇구나. 그런데 나의 경우 선인이 아니니 어떠한 임무를 받을

것인가?'

"자네는 준선인이므로 보조적인 임무를 부여받을 것이네."

"보조적인 임무라면 어떠한 것을 말씀하시는 것인지요?"

"아직 알 것 없네. 자네는 지금 그 다리를 건너는 것만도 힘겨울 것이네."

'그렇다. 지금은 다리를 건너는 것이 일차 목표인 것이다. 다리를 건넌다면 또 다른 어떠한 목표가 있겠지만 지금은 우선 다리를 건너는 것만이 나의 목표인 것이다. 모든 것은 그 후에 생각하자. 나의 마음 가운데 있던 모든 것들이 상당히 비워졌으나 더욱 비워야 할 것들이 있으며, 이 비워야 할 것들을 비운 후에 주된 것이든 보조적인 것이든 나의 일을 만날 수 있으리라.'

아름다운 완성

· 80 ·

'가자.'

　이진사는 훨훨 앞으로 나아갔다. 발걸음이 날아갈 것 같았다. 마치 다리에 발이 닿지 않는 것처럼 걸어갈 수 있었다. 이렇게 가벼운 기분은 선계에 온 이후 처음이었다.

'아마도 마음을 비운 탓에 이렇게 가벼운 걸음을 걸을 수 있는 것이리라. 내가 이럴진대 선인들의 발걸음은 얼마나 가볍고 빠를 것인가?'

"날아가는 것보다 훨씬 빠르지."

그럴 것 같았다. 아마도 이 세상에서 가장 빠른 속도보다 더욱 빠를 것이었다. 이진사는 자신이 공부를 마치고 다시 올 때쯤은 그러한 걸음걸이를 가질 수 있을 것이라고 생각하며 걸음을 휘이휘이 옮기고 있었다.

모든 것은 시간의 흐름에 따라 흘러가고 있었다. 이진사의 경우도 이러한 시간의 흐름에 맞추어 서서히 선계의 한 부분으로 변화해 나가고 있었다.

제3막__해보다 밝은 달

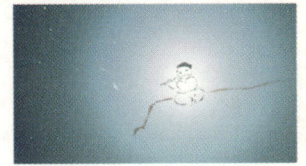

하늘은 맑았다

· 81 ·

이진사가 떠나고 나서 얼마간 동네는 텅 빈 것처럼 느껴졌다. 누구든 이승을 떠나는 것이었으나 이진사의 경우는 그 느낌이 남달랐다. 동네 사람들에게 나름대로 어떤 지주 역할을 하고 있었던 것이었다.

그 지주가 사라지자 사람들은 무엇인가 비워진 것을 느끼고 있었다. 그 빈자리를 누군가가 메워 줄 것을 고대하고 있었으나 그 사람이 금방 나타나지 않던 차 사람들은 그 사람이 바로 진이임을 서서히 깨달아 가고 있었다. 진이는 마을일에 대하여 별로 말이 없이도 해답을 내놓은 일이 있었으며 그러한 부분이 사람들의 마음을 채워 가고 있었다.

한번은 장마가 질 무렵 동네의 둑이 무너질 위기에 처한 적이 있었다. 무엇인가로 막아야 할 것이건만 누구도 무엇으로 막아야 할 것인지 알지 못하고 있었다. 워낙 큰물이 나기도 했거니와 한두 사람이 나서서 막을 수 있는 일이 아닌 까닭이었다.

어느 날 진이는 이웃 마을에서 가마니를 수십 장 구해 와서는 동네 사람들을 모았다. 동네 사람들에게 삽을 들고 나와서 둑을 막을 준비를 하라는 것이었다. 사람들이 그 말을 듣고 삽을 들고 나와서 준비를 하자 진이가 나타나서 사람들을 지휘하기 시작하였다. 가마니에 담을 흙은 제방 옆에 있는 돌이네 밭의 흙을 사용하라고 하였다.

돌이는 진이의 의도를 잘 몰랐으나 어쨌든 진이의 말을 따라야 한다고 생각하고 있었다. 진이의 말에 대한 신뢰가 있기도 하였으나 위급한 실정이므로 이에 대하여 이의를 제기할 분위기가 아니었던 때문이었다.

돌이네 밭의 흙을 담아서 제방을 막고 난 이튿날부터 장대비가 쏟아지기 시작하였다. 이 비로 인해 다른 곳에서는 엄청난 수재가

났었지만 이 마을만은 가까스로 둑이 붕괴되는 위험을 면하였다.

  여름이 지나자 마을 사람들은 비 피해가 없는 새로운 길을 내기로 했다. 헌데 그 새로운 길이 바로 제방을 위해 흙을 사용한 돌이네 밭을 지나는 곳이 되었던 것이다. 진이가 말한 대로 따른 것이 나중에 동네 사람들에게 이중의 수고를 덜어 주었던 것이다.

  이러한 일이 두세 번 있고 나서 동네 사람들의 진이에 대한 신뢰는 점차 높아져서 많은 사람들이 의지하게 되었으며, 나중에는 중요한 동네일에 대하여 문의하는 정도가 되었다. 진이의 동네 사람들에 대한 애정도 각별하여 누구의 일이든지 자신의 일처럼 살펴보아 주면서 살아가고 있었다. 또한 지함의 성장 역시 동네 사람들에게는 항상 관심거리였으며, 이 집 부자(父子)간의 일은 이웃 동네 사람들에게도 관심거리였다.

  계절이 바뀌면서 이들 부자는 더 이상의 관심 대상이 되기보다는 현재의 신뢰 수준에 만족하면서 생활하고 있었다. 더 이상의 관심을 끄는 것은 자신이 뜻을 폄에 있어 장애가 될 것임을 우려한 진이의 배려의 결과였다. 이들은 동네 사람들에게 항상 따뜻한 관심을 보여 주면서도 주로 공적인 분야에만 관심을 가짐으로써 자신들의 이미지를 관리하고 있었다. 속세의 세월이 흘러가면서 점차 이들의 자리가 굳혀져 갔다.

  애칭의 의미를 띠고 있던 진이의 이름은 막내인 지함이 성장함에 따라 진화로 바뀌었으며, 진화와 지함은 영적으로 점진적인 성장을 거듭하여 갔다.

  하늘은 맑았다. 그러한 하늘이 이들의 순탄한 미래를 예견하여 주고 있는 것 같았다. 맑은 하늘에서 내려오는 기운은 이들의 기운을 정화시켜 주고 있었다. 이들 때문에 동네 사람들이 입고 있는 혜택은 많이 있었다.

  한 사람에 대하여 선계에서 관심을 가지고 있을 때에는 그 주변 사람들에게 대체로 큰 재앙이 면해지는 경우가 있었다. 재앙이 오더라도 한 등급 낮추어 오는 경우가 많이 있었으며 따라서 피해가 있어도 경미하게 되었다.

  진화가 스스로 느끼지 못하는 가운데 이러한 기운이 이들을 감싸고 있었으며, 따라서 이들은 온화한 기운에 싸여 생활하고 있었다. 이들이 가꾸고 있는 밭의 작물 역시 선계의 기운을 받아 보다 풍성하게 성장하고 있었으며, 어떠한 비결이 있는지 여부에 대하여는 본인도 모르고 있었다.

  선계의 기운은 보다 온화하면서도 모든 것을 고르게 성장시키는 기운을 지니고 있었으며 인간의 성품을 부드럽게 하는 특성이 있었다. 따라서 선계기운의 영향권 내에서 출생하고 성장하는 사람들은 본성이 착하고 무엇인가 남다른 것 같은 특성이 있었다.

  당시의 사람들은 착하기는 하였으나 본성의 움직임을 간파하지 못하고 본능대로 행동함으로써 하늘의 도리에 어긋나는 행동을 하는 경우가 많이 있었다. 본성의 뜻을 따르기 위해서는 본성이 원하는 바를 알고 이에 순응하며 삶을 만들어 가야 하는바, 본성이 원하는 바를 알지 못하므로 많은 실수를 하고 살아가는 경우가 대부분이었다.

즉 하늘의 뜻을 알기는 하되 이것을 지키며 살아가는 것에 대해서는 원칙이 없이 생활하고 있어, 많은 죄를 지으며 살아가면서도 그것이 죄인가에 대한 의식도 없이 살고 있었다.

인간이 짓는 죄 중에서 가장 큰 죄는 결국 하늘의 뜻을 헤아리지 못하는 우둔함으로 인하여 짓는 업이었다. 이러한 업은 판단이 불가능한 특성을 지니므로 지속적인 죄를 짓게 되어 깨달음의 길에서 벗어나는 경우가 다반사였다.

따라서 많은 선인들이 인간들이 우둔함에서 벗어날 수 있도록 다양한 경로를 통하여 깨우침을 주고자 노력하였으나 이러한 말에 귀를 기울여야 할 대상들이 말귀를 알아듣지 못하는 우를 범하여 인간 세상은 범죄의 발생이 지속되는 바 되었다.

진화는 이러한 원리를 상세히 알지는 못하였으나 무엇인가 어떠한 원리가 있는 것 같은 느낌을 가지고 있었으며, 이러한 원리가 자신의 주변에 어떠한 길을 만들어 놓고 있는 것 같다는 생각을 가지고 있었다. 허나 그 길이 자신에게 어떠한 역할을 하고 있는지는 모르고 있었다.

인간의 일상은 항상 선과 악이 절반으로 구성되어 있었으며, 그 비율이 시간의 흐름에 따라 약간씩 변하는 경우가 있었다. 이러한 변화는 인간 세상의 일상 생활에서 나타나며 사람들의 생각과 행동에 따라 흐름이 일정치 않은 경우가 생기기도 하였다.

　진화의 경우 이러한 흐름의 중간을 타고 나가면서 자신의 경로를 유지하고 있었다. 항상 인간 세상의 선악의 흐름을 지켜보면서 가급적 선한 방향으로 모든 일을 풀어 나가고자 하였으나 자신의 뜻대로 모든 것이 선한 방향으로만 가는 것은 아니었다. 타인에게 도움을 주고자 하였으나 그것이 도움이 되는 것이 아니라 결례가 되는 경우가 있었으며, 이러한 경우는 운명으로 돌릴 수밖에 없었으며, 점차 인간 세상의 일들에 대하여 자신의 뜻을 펴는 것이 쉽지 않음을 느끼고 있었다.

빨래하는 처녀

• 82 •

　글을 읽다가 먼 하늘을 바라보던 진화는 문득 이웃 마을 친구가 보고 싶어지자 집을 나섰다. 하늘이 맑고 구름이 고운 날이었다. 이웃 마을에 가기 위해서는 개울을 건너야 하였다.
　진화는 개울을 건너기 위해 신발을 벗고 버선을 벗으려는데 문득 건너편에 한 처녀가 빨래를 하는 모습이 보였다. 처녀는 혼자서 빨래를 하고 있었는데, 그 자태가 너무 고와서 다시 한 번 쳐다보려 하였으나 차마 쳐다보지 못하고 망설이고 있었다. 그러나 개울을 건너지 않을 수는 없었다. 평소에 건너던 곳으로 건너려 하자 건너편의 처녀가 말했다.

"그리로 건너지 마시고 저쪽으로 건너시면 쉽게 건너실 수 있습니다."

남녀가 유별하므로 서로 말을 하지 않던 시기였다. 허나 건너편의 처녀는 스스럼없이 말을 해 준 것이다. 참으로 고마운 일이 아닐 수 없었다. 처녀가 알려 준 곳으로 건너면서 보니 자신이 건너려 하던 곳에 웅덩이가 깊이 패여 있었다.

그렇다고 하더라도 외간 남자에게 그러한 것을 알려 준다는 것은 어려운 일이었다. 진화는 개울을 건너서 신을 신고 처녀에게 다가갔다. 옆모습이 더욱 아리따워 보였다. 감사 인사를 하기는 하여야 할 것인데 무슨 말을 하여야 할 것인지 생각이 나질 않았다. 무엇보다 그 처녀가 누구인지가 궁금하였다.

"고맙소이다. 뉘신지 알아도 되겠소?"
"아닙니다. 저는 이곳 사람이 아니니 괘념치 마시고 가시던 길을 가시옵소서."
"…… 하여튼 고맙소이다. 하지만 성함이라도……."
"아니옵니다. 그냥 가시옵소서."

진화는 그날 더 이상 물어보지 못하고 길을 갔다. 나중에 가다 돌아보니 처녀는 여전히 빨래를 하고 있었다. 다시 한 번 물어볼 것을 용기가 없었나 생각하며 제발 그 처녀가 자신이 돌아올 때까지 있어 주길 바랐다.

· 83 ·

이웃 마을에 도착하였으나 친구가 없었다. 친구는 잠시 자리를 비운 것이 아니라 먼 길을 떠난 것이었다. 진화는 다시 오던 길을 돌아왔다. 돌아오면서 혹시 그 처녀가 있을까 하여 살펴보았으나 처녀는 보이지 않았다.

빨래를 하던 흔적도 없었으며, 사람이 있었던 어떠한 흔적도 보이지 않았다. 그리 긴 시간은 아니었다. 어디로 간 것일까? 그 처녀가 앉았던 자리로 가서 자세히 살펴보았으나 사람이 앉았던 아무런 흔적을 발견할 수 없었다.

'아니? 이곳이 분명한데……'

틀림없이 그 처녀가 앉았던 곳이었는데 사람이 있었던 자국조차 보이지 않는 것이었다.

'누구였을까?'

일찍이 이러한 일은 없었다. 무엇엔가 홀린 것 같은 기분이었다. 아까는 틀림없이 사람이었다. 예전에는 여우가 그런 장난을 한 적이 있다고 하였다. 그런데 아까는 분명히 조금의 의심도 없이 사람이었던 것이다. 사람인 것과 아닌 것을 모를 만큼 자신이 어수룩하지는 않을텐데 헛것을 본 것일까?

　그렇지는 않았다. 틀림없이 개울 건너편에 있었던 것이다. 그러니까 그 처녀는 개울 건너편 친구네 집 쪽에 앉아 있었던 것이다. 헌데 지금 다시 와서 보니 사람이 앉았던 자리조차 없는 것이다. 자신이 누구에게 홀릴 정도로 정신이 없었나 싶었다. 그렇다고 해도 이렇게 사람이 앉았던 자리가 전혀 없을 수는 없었다.

　불과 얼마 되지 않은 시간이었고, 그 자리에는 틀림없이 빨랫돌이 놓여 있었으며, 그 돌에서 그 처녀가 빨래를 하였던 것이다. 그 자태가 아리따워 한참을 다시 생각하도록 만들었던 그 처녀가 있었던 자리조차 선명하건만 아까 본 그 자리가 아닌 것이다.

　'내가 다른 길로 온 것인가.' 하여 다시 한 번 돌아보았으나 틀림없이 그곳이었다. 개울을 보니 움푹 패인 웅덩이조차 아까 그대로 있었다. 그렇다면 그곳에서 조금 떨어진 저곳이 그 처녀가 앉았던 바로 그 자리 아니던가?

　진화는 그곳으로 가서 앉아 보았다. 그 자리는 다른 곳과 무엇인가 다른 것 같았다. 기운이 온화하였다. 사람이 있었던 기색이 남아 있었다. 무엇이었는가?

　알 수가 없었다. 무엇이 기운으로 화하여 그렇게 보였던 것인가? 이곳의 기운이 그렇게 보였단 말인가? 다른 기운이 사람의 모습으로 화하여 보일만한 일이 있었던 것인가? 그렇다면 저 웅덩이에 어떠한 기운이 있는 것일까?

　그랬다. 웅덩이의 기운과 처녀가 앉았던 곳의 기운이 어떠한 조화를 이루어 환상을 만들어 낸 것일까? 그런 것 같았다. 무슨 이유인지 모르지만 분명히 이곳에는 기운의 조화가 있었다. 그 기운의 조화는 이곳이 아닌 다른 곳에서 나오는 것 같았다. 다른 곳에서 이어 온 기운이 이곳에서 나타나는 것 같았다.

'이곳의 기운은 어떠한 역할을 하는 것일까? 아까는 어떻게 처녀로 보였던 것일까? 나의 평소의 어떠한 면이 이러한 기운의 변화를 느끼도록 한 것일까?'

사람의 기운과 천지의 기운이 조화를 이루면 어떠한 일도 가능하다는 이야기를 들은 바 있다. 헌데 그러한 일이 일어나기 위해서는 그러한 일이 일어날 수 있는 조건이 갖추어져야 한다고 하였다. 그러한 조건이 갖추어졌다고 하더라도 그러한 기운의 변화를 알아낼 수 있는 감각이 열려야 한다고 하였다.

'나의 어디에 그러한 기능이 열려 있단 말인가? 이 나이 되도록 기운을 느끼려는 어떠한 수련도 제대로 한 적이 없다. 누가 가르쳐 준 적도 없으며, 누가 하는 것을 제대로 본 적도 없다. 그렇다면 나의 전생으로부터 내려온 저 먼 곳의 기억 어딘가에 이러한 감각이 배어 있었던 것일까? 누구로부터 이러한 감각을 알아볼 수 있는 방법이 스며 온 것인가?

좋다. 그러한 모든 것은 그렇다고 치자. 헌데 아까 왜 그 기운이 처녀로 보였으며, 그 처녀가 나에게 말을 건넸던 것일까? 그 처녀의 기운과 웅덩이의 기운은 어떠한 상호 역할을 한 것일까?

・84・

진화는 가만히 웅덩이를 바라보았다. 웅덩이에 산 그림자가 비치었다. 그 산 그림자는 그곳에 비치어야 할 산이 아니었다. 그곳에 비치어야 할 산은 나지막한 산이었다. 하지만 그 웅덩이에 비친 산은 천하의 절경이었다. 그러한 절경이 있으리라고 생각조차 할 수 없는, 신선들이 살 것 같은 경치였다.

'인간 세상에 이러한 경치가 있다니?'

물에 비친 경치가 아니고 눈에 보이는 경치 그대로였다. 거울에 비친 것과는 다른 경치로서 바로 앞에 보이고 있는 것 같았다.
그러한 경치가 이 세상에 있다면 아마도 보지 않고 이승을 하직한다면 너무도 아까운 일이 될 것이었다. 그런데 물속에 비친 경치가 어떻게 이렇게 바로 보는 것처럼 보일 수 있는 것일까? 무슨 환상을 보고 있는 것 같았다. 이 자리에 오자 그러한 현상이 생기는 것이었다.
다른 사람들도 이렇게 느끼는 것일까? 주변에 아무도 없어서 물어볼 수도 없었다. 하지만 다른 곳과는 다른 어떠한 현상이 있는 것만은 틀림없었다.

'이럴 수도 있는 것이구나. 사람이 이렇게 홀릴 수도 있는 것이구나.'

그러나 자신이 잘못 보고 있다는 것에 대한 확신도 없었다. 몸을 움직여 보았다. 모든 것이 정상이었다. 팔다리 어느 하나 제대로 움직여지지 않는 부분이 없었다.

'지금 내 몸의 어느 한 부분도 정상이 아닌 곳이 없다. 지금 잘못 보고 있는 것이 아님은 분명하다. 그렇다면 지금 보고 있는 이것은 무엇인가?'

너무나도 선명한 산이었다. 절벽과 소나무가 조화를 이룬 그곳은 구름이 절벽 중간에 걸려 있었으며, 그 사이로 학이 날아다니는 살아 있는 곳이었다. 그림이 아니었다.

'이러한 곳이 있다니?'

생전 처음 그림 속에서도 보지 못하던 경치를 직접 보고 있는 것이다. 이 자리에서 움직여 보면 보이지 않을 것인가? 진화는 옆으로 걸음을 옮겨 보았다. 느낌이 달랐다. 이제 모든 것이 정상적으로 돌아온 것 같은 느낌이었다.

웅덩이 자리에 비치던 산이 보이지 않았다. 평소 그대로 물이 흘러가는 것으로밖에 보이지 않는 것이었다. 다시 그 자리로 돌아가면 어떠할 것인가? 처녀가 있던 그 자리로 돌아가 보았다. 다시 물속으로 산이 보였다. 역시 선명한 그대로의 모습이었다. 물속에 비치고 있다는 것을 잊을 만큼 너무나도 현실과 같았다.

'이것이 무엇인가? 내가 아까부터 무엇을 보고 있는 것인가?'

처녀를 보았을 때 무엇인가 이상하였다. 분명 대갓집 규수로서 개울에 나와 빨래를 할 처녀가 아님에도 이곳에 나와 빨래를 하고 있었지 않은가? 그것뿐만이 아니었다. 외간 남자를 향해 말을 한다는 것은 정말로 어려운 일이 아니던가? 그런데도 스스럼없이 말을 건네었다.

그리고 친구네 집을 다녀와서 다시 보니 처녀가 빨래를 하던 자리가 전혀 없었으며 지금 보고 있는 것 같은 이상한 일이 발생한 것이었다. 내가 지금 친구네 집에 다녀온 것은 맞는 것일까? 아마도 다른 곳에 다녀온 것은 아닐까? 모든 것이 이상하게 생각되는 것이었다.

하지만 다른 것은 정상이며 지금 보고 있는 이것만이 다른 것 같았다. 이것 역시 정상인 것은 틀림없으나 어떠한 다른 원리에 의하여 이렇게 보여지고 있는 것 같았다.

그렇다면 한번 들어가 보는 것 역시 나쁠 것 같지는 않았다. 그러나 들어가는 방법을 알 수가 없었다. 어떻게 들어가야 할 것인가? 또 들어가면 나올 수는 있을 것인가? 아직 방법을 알 수가 없었다. 방법을 알 때까지는 삼가는 것이 좋을 것 같았다.

'그렇다. 누구에게도 말하지 말고 그대로 있어 보자.'

만약 이러한 사실을 누구에게 이야기한다면 이상한 사람으로 보일지 몰랐다. 이러한 일 외에도 이상한 경우가 많이 있기는 하였으나 자신이 당한 적은 없었다. 자신이 당한 경우는 이번이 처음이었다.

'어떻게 하여야 할 것인가?'

누구에게 문의해 볼 수도 없었다. 아버님께서 계신다면 여쭤볼 수도 있으련만 지금은 아버님께서 계시지 않으니 다른 누구에게 문의해 본들 정답이 나올 것 같지 않았다. 정답이 나오지 않을 것이라면 누구에게 문의해 본들 어차피 이상한 사람이라는 말만 들을 것이었다.

그럴 바에야 아무 말 없이 그냥 있는 것이 좋을 것 같았다. 진화는 이러한 사실을 숨기고 다시 한 번 이곳에 와 보기로 하였다. 어차피 친구를 만나려면 이곳을 지나쳐야 할 일이었다. 불행인지 다행인지 그 친구를 오늘 만나지 못하고 돌아가는 길이 아니던가?

'수일 내에 다시 시간을 내어 그 친구를 만나 보리라. 그리고 그 친구를 만나러 오는 길에 다시 한 번 이곳에 들러 어떠한 일이 있을 것인지 확인해 보리라.'

아무에게나 이러한 일이 생기는 것은 아닐 것이다. 틀림없이 이곳은 나와 어떠한 인연이 있는 것 같았다. 그렇지 않고서는 내게만 이러한 일이 생길 리 없지 않은가? 진화는 이런저런 생각을 하면서 집으로 돌아왔다. 저녁을 먹고 누웠으나 오늘 낮에 본 그 생각밖에 떠오르는 것이 없었다.

'무엇인가? 내가 보기는 정말 본 것일까?'
가만히 생각해 보니 정말 제대로 본 것인지 확신이 서지 않았다.
'내가 무엇에 홀린 것일까?'

그런 것은 아닌 것 같았다. 아직까지 살면서 무엇을 잘못 본 적이 없었다. 그러한 일은 해 본 적도 없었으며 있을 수 없는 일이었다. 나의 기억에 어떠한 이상이 생기지 않고서야 없는 일을 볼 수가 있을 것인가? 그러나 너무나 선명히 떠오르는 얼굴이었으며, 목소리였고, 풍경이었다. 가서 본 것처럼 생생히 떠오르는 것이었다.
진화는 그 생각을 하다가 잠이 들었다. 잠이 막 들었을 무렵 누군가가 진화를 깨우는 것이었다.

이곳이 말로만 듣던 선계인가?

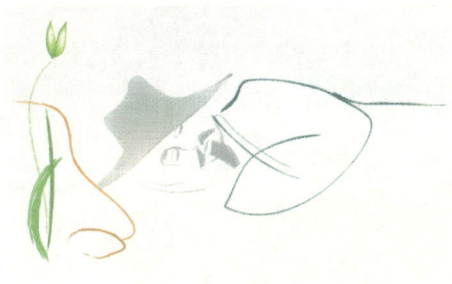

· 86 ·

일어나 보니 아까 본 개울가에서 잠이 들어 있었다.

'내가 왜 이곳에서 잠들어 있는 것일까?'

누군가가 이곳에 들어다 놓기 전에는 있을 수 없는 일이었다. 헌데 이곳에 와 있는 것이다. 일어나 보니 옆에 아무도 없건만 누군가가 깨운 것 같은 느낌이 드는 것이었다.
앞을 보자 낮에 본 그 그림이 자연의 상태로 저만치 있었다. 물 위에 보이는 것이 아니고 바로 앞에 그 산이, 그 절벽이 있었다. 그

소나무도 보였다. 진화는 앞으로 걸음을 옮겼다.

참으로 수려한 풍광(風光)이었다. 인간 세상의 어디에 이런 곳이 있을까 싶게 어느 하나 흠잡을 곳이 없는 경치였다. 모든 것이 인간 세상의 찌든 때에 전혀 오염되지 않은 채 하늘에서 만든 당시의 모습 그대로인 것 같은 생각이 드는 것이었다.

골짜기로 걸어 들어갈수록 바람이 상쾌했다. 피부에 와 닿는 느낌이 자신의 내부까지 바뀌는 느낌이었다. 이러한 공기로 숨을 쉰다면 내장까지도 맑아질 것 같았다. 우선 머릿속이 시원해져 왔으며, 이것이 등줄기를 타고 내려오자 가슴속이 시원해지다가 다시 복부로, 그리고는 양다리가 시원해져 왔다. 이 기운이 발바닥을 통해서는 땅바닥으로 내려갔으며, 머리를 통하여 다시 위로 솟아 올라갔다.

아직 기운이 무엇인지 몰라 이러한 현상을 어떻게 해석하여야 할지 몰랐으나 평소와는 완전히 다른 느낌이었다. 인간으로 태어나서 처음 겪는 느낌이었으며, 몸이 완전히 달라지는 기분이었다. 이러한 상태가 지속되기만 한다면 어떠한 병도 걸리지 않을 것 같았다. 온몸의 세포 하나하나가 방금 태어난 어린이의 것과는 비교할 수조차 없을 만큼 새롭게 바뀌는 느낌이었으며, 이러한 상태가 지속된다면 늙어 가는 일조차도 자신과는 무관할 것 같았다.

'이곳이 인간 세상이 맞는가?'

진화의 능력으로는 전혀 해답을 풀 수 있을 것 같지 않았다. 이러한 일이 있을 것이라는 것에 대한 이야기조차 한 번도 들은 바가 없지 않는가? 이곳이 먼 곳도 아닌 지척인데 누군가는 겪을 수 있는 일이었다. 헌데 이러한 이야기가 왜 전해 오지 않는 것인가? 아무도 겪은 사람이 없었다는 것일까?

'그렇다면 이곳은 내가 처음인가?'

어쨌든 머릿속에 여러 가지 생각이 들기는 하였으나 이곳의 경치를 보면서 점차 잊혀져 갔다. 앞으로 갈수록 길이 좁아졌으며 그 길은 절벽 위로 이어졌다. 절벽 옆에 붙어 있는 길을 올라가며 내려다보니 아래쪽의 경치가 정말로 상상도 할 수 없는 절경이었다.

'이러한 곳이 있다니?'

생기로 가득 찬 곳이었다. 아침 해가 뜨기 전 이슬 내린 새벽길을 걸으며 느꼈던 그 느낌이 살아오고 있었다. 하지만 그 느낌과도 전혀 달랐다. 그 느낌보다 천만 배는 새로운 느낌이었다. 생기로 충만한 속에서 천천히 걸어가며 이러한 것을 무엇이라고 불러야 할지 생각조차 나지 않을 만큼 온몸이 새롭게 변화해 나가는 것을 느낄 수 있었다.

'이곳은 어떠한 원리로 구성된 것일까?'

하나하나의 모든 것이 새롭고 신선하며 더없이 맑은 곳이었다. 어떠한 동물도 보이지 않았지만 모든 것이 살아 있었다. 공기조차도 살아 있는 것 같은 느낌이었다.

'그렇다?'

이러한 곳이 있었다니? 인간 세상에 이러한 곳이 있다면 모든 욕심이 전부 사라질 것 같았다. 숨을 쉬는 것만으로 모든 것이 충족되어 아무런 필요한 것이 없었으며, 그저 있기만 하여도 만족스러웠다.
온도나 습도가 아주 쾌적하여 덥지도 춥지도 않았으며, 아무리 오래 있어도 땀이 날 것 같지 않았다. 모든 것이 너무나 맑고 깨끗하였다. 진화는 문득 예전에 할아버지로부터 들은 이야기가 생각났다.

'이곳이 말로만 듣던 선계인가?'

그런 것 같았다. 인간 세상이 아니라면, 어디이겠는가? 이러한 조건을 갖추고 있을 수 있는 곳은 선계 말고는 없을 것 같았다. 선계가 맞다면 나는 어찌 속(俗)으로 돌아갈 수 있을 것인가? 진화는 갑자기 돌아갈 생각이 들어 뒤를 돌아다보았다.
하지만 자신이 걸어왔던 그 길이 보이지 않았다. 멀리 온 것도 아니었다. 수십 발자국 걷다가 바위 옆으로 오르는 길을 조금 올랐을 뿐인데 자신이 걸어온 길이 보이지 않는 것이었다.

'어찌할 것인가? 이곳에 들어오기는 하였으나 나갈 길을 잃은 것 아닌가?'

이렇게 가까이에서 뒤를 돌아보아도 나갈 길이 전혀 보이지 않으리라고는 생각지 못한 때문이었다. 진화는 당황했다. 이곳을 자신이 살고 있는 동네의 보통 산처럼 생각하고 들어왔다가 나갈 수도 있으리라 생각하였으며, 다시 돌아갈 수 없을지도 모른다는 점에 대하여 아주 조금 상상속에서 걱정을 해 보기는 하였으나 막상 이렇게 나갈 길이 보이지 않자 덜컥 걱정이 되는 것이었다.

'큰일났다. 아직 해야 할 일이 많은데 너무 빨리 이곳에 와 버린 것 아닐까?'

가슴이 두근거렸다. 주변에서 쿵쾅거리는 소리가 들렸다. 하지만 돌아보아도 그러한 소리가 날 만한 것은 보이지 않았다. 이곳의 기운이 워낙 맑고 조용한 탓에 파장이 극도로 낮아 이러한 파장에 적응이 되어 있던 자신의 귀에 심장박동 정도의 작은 파동이 엄청나게 확대되어 전달되는 것임을 진화는 모르고 있었다.

'이것이 무슨 소리인가?'

가만히 보니 자신의 심장에서 나는 소리가 그렇게 크게 들리는 것이었다. 심장이 뛰는 소리가 이렇게 크게 귀에까지 들리다니? 심장박동 소리 같지 않을 정도로 크게 들리는 것이었다.

· 87 ·

진화는 마음을 가라앉히기로 하였다. 몇 발자국 옆을 보니 앉을 만한 바위가 보였다. 그 바위에 앉아서 가만히 지난 일을 생각해 보기로 하였다. 우선 마음을 가라앉히고 지금까지 무슨 일이 있었으며, 자신이 앞으로 어떻게 하여야 할 것인가 짚어 보았다.

이러한 경우가 닥칠 것이라고는 전혀 생각지 않았던 부분이므로 자신도 어떻게 행동하여야 할 것인가를 모르고 있었다. 그런데 가만히 생각해 보니 자신이 계획 없이 행동하였음을 알 수 있었다.

친구에게 다녀오려 하였으면 친구에게 다녀왔으면 될 것을 개울을 건너려던 중 그러한 일이 생겼으며, 그러한 일이 생겼어도 마음을 쓰지 말고 그냥 갔으면 될 것을 그 처녀가 앉았던 자리로 가서 결국은 전혀 생각지도 않던 일이 생긴 것인가? 참으로 어처구니없다면 어처구니없는 일이었다.

'그렇지 않다면 어떠한 인연이 있어 이러한 일이 생긴 것일까?

나의 팔자 어느 부분에 이러한 곳과 인연이 닿은 것일까?'

 이러한 일이 생긴 것을 한탄해야 할 것인지, 아니면 기뻐해야 할 것인지 알 수가 없었다.
 다른 누구인가 전에 이러한 일이 생겼음에 대하여 전설처럼 내려오는 이야기가 있음을 알고는 있었다. 하지만 최근에는 그러한 일이 있었다는 것을 들어본 적도 없거니와 이러한 일이 내게 생길 것이라고는 전혀 생각지 않았던 것 아닌가?
 이것은 천운인가? 아니면 악연인가?
 악연일 것이라고는 생각되지 않았다. 이러한 인연이 아무에게나 오는 것은 아니리라. 헌데 아까 그 처녀는 누구일까? 지금 내가 와 있는 이곳에서 나온 처녀였을까? 기이한 일이었다.
 누군가 이러한 일을 당하였다면 다시 돌아갈 수 있었을까? 그렇지 않으니까 이러한 이야기가 전해져 내려오지 않는 것 아닌가? 참으로 생각을 거듭해 보아도 알 수가 없었다.
 '그렇다면 내가 돌아가지 못하는 동안 집에는 무슨 일이 생긴 것일까? 동네에는? 아마도 내가 사라졌음을 알고 나서도 찾을 수가 없으리라. 이러한 곳이 있는 것조차 알고 있는 사람이 없을 것인데 이곳을 어찌 찾을 것이며 어찌 들어올 수가 있단 말인가? 들어온들 먼저 들어온 나도 나갈 길을 찾지 못하여 허둥대고 있는데 그 사람들인들 나를 찾을 수 있을 것인가? 찾은들 어떻게 돌아서 나갈 수 있단 말인가?'

진화는 모든 것을 포기하여야 함을 알았다. 모든 것이 불가능했다. 이곳에서는 도무지 가능한 일이 없었다.

'나의 힘으로 할 수 있는 일은 아무것도 없다. 일단 일이 되어 나가는 것을 지켜볼 수밖에 없지 않은가? 결국은 나의 생각대로 하는 수밖에 없지 않겠는가?'

모든 것은 운명이라고 할 수밖에 없는 것이다. 그렇다면 나의 운명을 시험해 볼 수 있는 기회가 아닌가? 어차피 이곳이 선계라면 나는 현재 영혼의 상태를 지나 선계의 일원이 되어 있는 것 아니겠는가?

'좋다. 무엇이든 할 수 있는 상태인지도 모른다. 지금 나는 무엇을 할 수 있는가?'

아마도 지금까지 살아온 방법으로 살아서는 안 될 것 같았다. 이곳의 현실이 전혀 다른 것이다. 인간 세상과는 전혀 다른 어떠한 조건을 갖추고 있는 것 같았다. 그 조건이 무엇인지 아직은 모르지만 어쨌든 이곳에서 살아가다 보면 알아질 것 같았다. 그렇더라도 속세의 인연들이 궁금하였다. 하지만 그 부분에 대하여는 포기하여야만 할 것 같았다.

'인간이 살아가다 보면 이러한 일도 있구나.'

하긴 이보다 더한 일도 지상에서 있는 것을 보아 왔다. 너무나 가난한 사람들에게 닥치는 악운, 이것을 하늘이 있다고 볼 수 있는 것일까 생각해 본 적도 있었다. 하늘이 있다면 이렇게 불쌍한 중생을 놓아둘 리가 없을 것이라고 생각해 보았지 않는가?
하지만 하늘이 있어도 인간의 인연을 마음대로 할 수 있는 것은 아닐 것 같았다. 아니 그 사람의 운명은 그렇게 타고난 것이어서 금생은 그렇게 보내야만 하는 것 아닌가 생각하기도 하였다.
그런데 자신이 그러한 처지와 꼭 같은 것은 아니지만 남들이 생각하기에 따라서는 그와 비슷한 처지에 든 것 아닌가 하는 생각이 들었다. 갑자기 사라져서 어디에서도 자취를 찾을 수 없다니?
전에도 누군가 그러한 일이 있었을 때 아마도 무엇엔가 물려간 것이라고 생각들 하다가 잊어버리고 잘들 살지 않았던가? 아마 나도 그 사람들과 마찬가지로 지금은 생각을 하겠지만 머지않아 잊어버리고 말겠지……. 영원히 함께 살 수 있는 인연이란 없는 것이었다. 아무리 울고불고 난리를 해도 또 금방 잊고 살아가는 것이 사람들 아니던가? 그렇다면 선계란 곳이 그리 쉽게 들어올 수 있는 곳이 아니니 이번에 들어온 김에 한번 쉬어 감은 어떨까?

이러저러한 생각을 하면서 진화는 자신의 냉정함에 새삼 놀라고 있었다. 인간으로 있을 때 같으면 이러한 생각을 하면서 너무나 슬

플 것 같았다. 아마도 가족과 헤어진다는 것만으로도 상당한 슬픔이 될 것이었다. 그런데 지금은 아무런 마음의 아픔 없이 자연스럽게 하나의 생각만으로 풀어 나가고 있지 않은가?
 자신의 일이 마치 남의 일처럼 생각이 드는 것이었다. 이러한 것은 객관적으로 상황을 보고 있음을 말해 주는 것이었다.

 '나의 일을 마치 남의 일처럼 보고 있다? 감정이 사라져 버린 것인가?'

 마음에 아무런 움직임이 없는 것처럼 느껴지는 것이었다. 더욱이 마음이 혼란스러우면 얼굴이 달아오르거나 가슴이 두근거리던 일이 없어진 것이다.

 '이것이 무슨 일인가?'

 이럴 수가 없는 것이었다. 아무리 상황이 바뀌었다고 이렇게 달라질 수가 있는가? 무엇인가 근본적인 변화가 있지 않고는 이럴 수는 없는 것이었다.
 '나의 어디가 잘못된 것인가? 나의 생각이 종전처럼 깊지 않아서일까? 몸이 사라진 것일까? 이곳의 감각이 달라서일까?'
 아까는 공기의 시원함이 느껴졌었다. 지금은 무엇이 다른가?

· 88 ·

진화는 그 자리에 앉아서 생각해 보기로 하였다. 허나 해답이 나올 수 없었다. 앞을 보면 절벽 위로 올라가는 길이요, 뒤를 바라보아도 깊은 숲만 보일 뿐 자신이 들어온 그 길은 보이지 않고 있는 것이다.

'어찌할 것인가?'

대안이 마땅치 않았다. 좀 더 생각을 해 보기로 하였다. 앞으로 나갈 것인가, 뒤로 돌아갈 것인가부터 생각을 하여야 하였다.
'뒤로 돌아간다면 다시 올 수는 있을 것인가? 다시 못 올 것이라면 돌아갈 수 있는 것도 아니니 앞으로 나가 보는 것이 괜찮지 않겠는가?'
진화는 앞으로 나가기로 하였다. 앞으로 가기로 작정하고 잠시 쉬면서 마음을 가라앉히고 있는데 어디선가 물소리가 들리는 것이었다. 옆을 보자 바위에서 흘러내리는 조그만 물줄기가 보였다. 마실 수 있을 만큼 깨끗한 물인 것 같았다.
이곳의 일이란 것이 예상할 수 없는 일이 벌어지는 경우가 많은 것 같아 어떠한 일을 해도 마음을 놓을 수가 없었다.

'그렇지만 일단 믿어 보자. 이곳이 어딘지는 모르지만 일단 믿어

보지 않고는 방법이 없지 않은가?'

　물을 마시기 위해 가까이 가서 보자 바위의 움푹 패인 곳에 흘러내리던 물이 두 뼘 정도 넓이로 고여 있었으며 다시 흐르고 있었다.
　물의 옆에 풀이 비치면서 하늘도 비치고 있었다. 진화는 목이 마른 것은 아니었으나 물을 마셔 보기로 하였다. 손으로 받아서 마시면 될 것 같았다. 가만히 물속을 들여다보자 다시 얼마 전의 생각이 떠올랐다.

　'내가 물속에 있는 곳을 찾다가 이렇게 되었지! 지금 이 물은 그러한 곳이 아닐까?'

　하지만 그렇지는 않은 것 같았다. 말 그대로 물이었다.

　'그렇다면 마셔 보자.'

　물에 손을 담그자 너무나 시원한 느낌이 인간으로 있을 때 그대로였다. 물론 지금이라고 인간이 아닌 것은 아니지만 그래도 무엇인가가 달랐다. 잠시 손을 씻으려 물을 내려다보던 진화는 자신의 얼굴이 훨씬 어려 보이는 것을 보고 깜짝 놀랐다.
　얼굴이 아이처럼 되어 있었던 것이다. 자신의 나이로 보이는 것이 아니고 아주 어린 얼굴로 보이는 것이었다. 자신이 평소 일을 하지 않는 것은 아니나 글줄깨나 읽으면서도 손이 고운 편은 아니었었다. 헌데 손이 아주 곱게 바뀐 것이었다. 꼭 아기의 손처럼 보들보들해진 것이었다.

'이럴 수가! 어쩌면 사람의 손이 이리도 고울 수가 있단 말인가?'

피부에 한 점의 티가 없었다. 갓 태어난 아이의 손도 이렇게 고울 수는 없을 것이었다. 뽀얀 손가락이 마치 인간이 아닌 것 같은 착각을 불러일으킬 정도로 곱고 보드라웠다. '인간의 피부가 이렇게 고울 수도 있구나.' 싶게 속세에 있을 때의 모습과는 너무나 달랐다.

물을 마셔 보았다. 물맛이 시원하면서도 바로 피부에 스며드는 것 같았다. 식도를 통하여 위장으로 들어가는 것이 아니라 바로 목에서 몸속으로 스며들어가는 것 같았다. 마치 내장이 없이 목구멍 바로 아래에서 몸으로 스며드는 것 같았다.

'이곳에 오면 몸의 구조조차 바뀌는 것일까?'

주변의 나무와 풀들을 보았다. 나무와 풀들 역시 너무나 고왔다. 잎새에 단풍 하나 없었으며 푸르고 고운 자태 그대로 있다가 떨어지면 그대로 낙엽이 되는 것이지 나무에 달려 있으면서 단풍이 되는 법이 없었다.

풀들도 곱기 그지없는 상태로 있을 뿐이었으며, 꽃 역시 너무나 고운 그대로였다. 감히 손을 대기가 어려울 정도로 고왔다. 나뭇가지가 이렇게 고운 것을 보는 것은 처음이었다. 풀 역시 너무나 아름다운 자태로 살아 있었다. 정말 살아 있음을 이렇게 실감 있게 느끼는 것은 처음이었다. 속세에 있으면서 보았던 것과는 너무나 다른 모습들이었다.

'인간으로 있으면서 그렇게 매일 보던 것들이 왜 이곳에서는 이리도 다른 것인가?'

그리고 보니 공기도 물도 모두 달랐다. 이렇게 다를 수가 없었다. 모든 것들이 그저 바라보기에는 그리 많은 차이가 있는 것 같지 않았으나 접촉해 보면 너무나 달랐다.

공기도 시원하기 그지없으면서도 호흡을 하기가 너무나 편하였다. 물 역시 마시기가 너무 편안하지 않던가? 걱정이 되면서도 한편 마음이 너무 편안하다는 것이 생각났다. 걱정이 안 되는 것은 아니었으나 그 걱정이 인간의 몸을 불편하게 만들지 않음으로 인하여 오히려 편안히 걱정을 할 수 있었다.

그렇다면 이곳은 무엇이든지 편안하도록 만드는 기운으로 조성되어 있는 것일까? 이 기운을 속세에 가져갈 수만 있다면 모든 사람들이 편안히 생활할 수 있을 것이 아니겠는가? 어떻게 가져가면 될 것인가? 이러한 것들을 속세의 인간들이 받아들이기만 한다면 너무 좋은 일이 될 것인데 방법이 있을 것 같았다. 아마도 이곳에 거주하고 있는 절대자의 도움을 받는다면 가능할 것 같기도 하였다. 그러한 힘을 가지고 있는 사람은 누구일까? 만날 수 있을 것인가?

진화는 물만 마셨음에도 힘이 넘쳐나는 것을 느꼈다. 인간으로 있을 때는 물만 마셔서는 시원한 느낌은 있어도 이렇게 힘이 넘쳐나는 일은 없었다. 그렇다면 자신이 마신 물이 어떠한 다른 효능이 있는 것일까? 혹시 만병통치인 것은 아닐까? 속세에 있을 때 가끔 소화가 안되었던 경험이 있었다. 그런데 지금 마신 물과 함께 다른 음식을 먹는다면 소화가 너무나 잘될 것 같았다.

그것뿐인가? 모든 것이 원활하게 순환되고 있지 않은가? 아무리 운동을 해도 땀이 날 것 같지 않았다. 적당히 몸의 상태가 조절되고 있지 않은가? 이렇게 완벽히 조절되는 것을 무엇이라고 하여야 하나? 알 수가 없었다.

'이렇게 완벽하게 조절되는 곳이 있다니?'

너무나 모든 것이 적당히 조절되므로 몸의 조절기능이 퇴화해 버릴 것 같았다. 지금까지는 추우면 추운 대로 더우면 더운 대로 몸이 조절해 주어 그런 대로 추우나 더우나 살아갈 수 있었다. 헌데 이곳은 전혀 그런 것이 아닌 것이다. 그럼에도 불안한 감이 없었다. 모든 것이 너무나 편안히 느껴지는 것이었다.

진화는 일어서서 앞으로 걸어가 보았다. 발걸음이 너무나 가벼웠다. 마치 공중에 떠서 나아가는 것 같았다. 마음먹기에 따라서는 공중으로 떠오를 수도 있을 것 같았다.

'가능할 것인가?'

하지만 부질없는 짓 같기도 하였다. 어떻게 인간이 공중으로 날아오른단 말인가? 어쨌든 몸이 상상할 수 없이 가벼운 것은 사실인 것 같았다. 이렇게 가벼운 상태라면 수만 리(里)라도 가뿐히 걸어갈 수 있을 것 같았다.

'이 무슨 조화인가? 공기와 물이 좀 다르기로서니 인간의 몸이 이리도 달라질 수 있단 말인가?'

진화는 앞에 보이는 절벽을 올라가는 길을 다시 한 번 쳐다보았다. 하여튼 저 길을 올라가 보자. 지금 보이고 있는 길은 저 길밖에 없지 않은가! 어쨌든 앞으로 가려면 저 길을 갈 수밖에 없지 않은가?
가자!
진화는 천천히 걸어갔다. 이곳의 시간이 어떤 기준으로 흐르고 있는지는 모르겠지만 이왕 들어왔고, 더욱이 마음대로 나갈 수도 없는 이상 어쩔 것인가? 앞으로 가는 수밖에 없을 것이다.

'가자, 갈 수 있는 곳까지 가 보자.'

길이 아닌 길, 물이 아닌 물

· 89 ·

 절벽을 오르자 공기가 달라졌다. 아래보다 더 시원해진 것이다. 차가워지기는 하였으나 피부에 다른 감각이 있는 것은 아니고 단지 온도가 내려간 것 같은 느낌만 있는 것이었다. 천천히 오르면서 지나치는 길에 옆에 있는 나뭇가지가 몸에 와 닿는 감각이 상큼하였다.

보다 멀리 내다보이는 곳까지 오르자 전망이 달라졌다. 멀리 구름이 보이는 것이었다. 그런데 구름이 올라탈 수 있을 만큼 견고해 보이는 것이었다. 지상에서 보던 구름이 아니었다. 형태는 구름이고 공중에 떠 있으나 바위와 같이 단단해 보이는 것이었다. 워낙 멀리 떨어져 있으므로 가서 볼 수는 없었으나 위로 오르면서도 멀리 있는 경치가 너무나 똑똑히 보였다.

멀리 보이는 경치가 지금까지 보던 산과 들의 모습과는 달랐다. 인가처럼 보이는 것이 있었다. 틀림없이 사람이 살고 있는 것 같은 느낌이 오는 것이었다. 인간의 냄새가 나는 것은 아니었으나 사람이 살고 있는 것 같은 기와집이 여러 채 있었다.

가만히 보니 사람의 모습이 보였다. 인가가 틀림없는 것 같았다. 사람의 모습이 남자인지 여자인지 구분이 가는 것은 아니었으나 몇 사람이 왔다 갔다 하고 있었다.

지금 내려가서 저곳으로 가 보는 것은 어떨까? 하지만 진화는 내려가기보다는 올라가는 길을 끝까지 올라가 보고 나서 다시 내려와서 그 길을 가 보기로 하였다. 올라가는 길은 의외로 짧았다.

금방 올라갈 수 있었다. 정상에 도착하자 사방이 내려다 보였다. 주변에서 가장 높은 봉우리는 아니었다. 하지만 주변을 거의 볼 수 있는 정도는 되었다. 자신이 올라간 봉우리 정상의 바위에 '묘연봉(妙然峰)'이라는 글씨가 새겨져 있었다.

'묘연봉이라? 무슨 뜻일까?'

다른 봉우리에도 이름이 있을 것 같았지만 그것은 지금 알고 싶은 것은 아니었다. 내려가는 길은 다른 쪽으로도 나 있을 것 같았다. 가만히 살펴보니 길이 여러 갈래 나 있는 것이 보였다. 하지만 길이 여러 갈래로 갈라져 있어서 어느 길로 내려가야 할 것인가 알 수 없었다.

저 멀리에는 강 같은 것도 보였다. 여기가 어딘지는 모르지만 지상과 상당히 비슷한 것들이 많이 있었다. 경치도 어딘지는 모르지만 닮은 것들이 있고 다른 것들도 많이 비슷하였다. 아마도 인간이 아닐지라도 인간과 비슷한 유형의 어떤 존재들이 있을 것 같았다. 그 존재들이 어떠한 존재들일지라도 한번 만나 볼 필요는 있을 것 같았다.

진화는 서서히 내려가는 길을 걸어 내려갔다. 동네가 있을 만한 곳을 바라보며 한참을 내려가도 끝이 보이지 않았다. 이만큼 내려왔으면 다 내려올 만도 하건만 아무리 내려가도 동네가 있는 곳이 나오지 않고 계속 내려가는 길만 나타나는 것이었다.

'이럴 수가 있는가? 이만큼 내려갔으면 다 내려올 만도 하건만 어찌 자꾸 내려가는 길만 보인단 말인가?'

도저히 이해할 수 없는 일이었다. 아무리 속세가 아니라고 하여도 이렇게 상식이 통하지 않는 세상이 있단 말인가? 주변을 바라다 보니 항상 같은 경치만 펼쳐지고 있는 것이었다.

'이건 또 무슨 조화인가?'

아무리 걸어도 같은 경치만 펼쳐진다는 것은 내가 내려가지 못하고 있다는 것 외에 무슨 말이 되겠는가? 도대체 무슨 조화가 있어 이렇게 애를 먹이고 있는 것인가? 그렇다고 속이 타는 것은 아니었다. 그냥 그럴 뿐이지 마음은 평온하였다.

무슨 조화인지 알 수가 없었다. 어떻게 하면 내려갈 수 있단 말인가? 다시 올라가서 어떠한 방법을 취하여 보아야 할 것 같았다. 진화는 다시 위로 올라갔다.

'어떠한 방법을 취하여야 할 것인가?'

정상으로 올라가자 다시 아래가 내려다 보였다. 역시 전에 보이던 그 자리에 인가처럼 보이는 것이 있었다. 헌데 그 모습이 아까 보던 것과는 달랐다. 아주 멀리 보이는 것이기는 하나 느낌으로 무엇인가 달라졌음을 알 수 있었다.

'무엇이 달라진 것일까?'

가만히 보니 아까 보이던 사람들이 보이지 않았다.

'무슨 조화인가?'

또 이만큼 시간이 흘렀으면 해가 질만도 하였다. 헌데 하늘이 밝은 것이었다. 해가 뜬 것도 진 것도 아니면서 구름이 끼인 하늘 아래 밝은 빛만 형광등처럼 비추고 있는 것이었다.

'참으로 알 수 없는 일이다. 무슨 이러한 곳이 있단 말인가?'

가만히 보자 빛이 다른 것 같았다. 하늘에서만 빛이 비추고 있는 것이 아니었다. 모든 물건이 빛이 나고 있는 것이었다. 밝기는 달라도 약간씩의 빛을 내고 있었다. 꼭 반딧불처럼 모든 것이 빛나고 있었다. 이렇게 발광(發光)이 되니 해가 질 리 없었다. 아니 해 자체가 필요 없는 곳이었다.

'이런, 세상에 이럴 수도 있는 것이구나.'

자신이 알고 있는 모든 상식이 상당 부분 통하지 않는 곳에 와 있는 것 같았다. 그렇다면 생각을 바꾸어야 저곳에 갈 수 있는 것일까? 생각이 달라지자 이마에 약간의 땀이 났다. 진화는 손을 들어 이마에 난 땀을 닦고 다시 앞을 보았다.

땀? 땀이 나고 있었다. 이런 정도의 생각의 차이에 의해 땀이 나는 것이구나. 몸이 힘들어서 땀이 나는 것은 아닌데 생각의 차이로 땀이 나고 있었다.

'이곳은 생각의 차이로 움직여지는 곳인가? 그렇다면 내려간다고 생각하면 내려갈 수 있을 것인가? 해 보자.'

진화는 내려간다고 생각을 하고 내려가 보았다. 마음을 먹자마자 너무나 빨리 내려가는 것이었다. 발걸음이 생각을 따라 줄 것인가를 느낄 사이도 없이 어느새 아래로 내려와 있었다. 평지에서 바라본 산의 정상은 언제 내려왔는가싶게 높아 보였다. 까마득한 산의 정상을 바라보며 저렇게 높은 곳에서 언제 내려왔는가 하는 생각이 들었다.

감히 인간으로서는 불가능한 일이 일어나는 곳이라는 생각이 들었다. 전에 올라간 쪽의 절벽 역시 감히 인간으로서는 생각할 수조차 없이 가파르고 높지 않았던가? 그런데도 어쨌든 올라갔었다.

인간의 시간이 통하지 아니하는 곳이므로 얼마간의 시간이 흘렀는지는 알 수 없었다. 하지만 생각만으로도 상당히 긴 시간이 흘렀음을 알 수 있었다. 모든 것이 불가사의하였다. 이곳을 움직이고 있는 힘이 어디서 나오는 것인가 알 수 없었다.

인간으로 있을 때에는 이러한 일을 겪은 적이 없었다. 모든 것은 정상으로 움직이고 있었으며 바람이 불고, 구름이 흘러가며, 비가 오는 것까지도 모든 것이 상식의 범위 내에서 움직여지고 있었다.

진화는 이런저런 생각을 하면서 앞으로 나아갔다. 땅이 흙도 아니면서 모래도 아닌 알 수 없는 재질로 이루어져 있었지만 밟고 나가는 데는 이상이 없었다.

'무엇으로 이루어져 있는 것일까?'

이곳의 물질들은 지상의 것들과는 너무나 달랐다. 모든 것이 각기 나름대로 빛을 가지고 있는 것하며, 어디에도 어두운 곳이 없는 것 하며 모든 것이 자신이 생각하였던 것과는 너무나 다른 것이었다.

'이곳이 어디인가는 아직도 모르고 있다. 하지만 누군가를 만나면 알 수 있게 되리라. 가 보자'

진화는 계속 앞으로 걸어갔다. 누군가를 만나기 전까지는 계속 앞으로 가야 할 것이었다. 지나가는 길옆의 풀과 나무들이 너무나 낯설면서도 정다웠다. 어디선가 본 듯하면서도 본 기억이 나지 않았다. 마치 수만 년 전에 본 것 같은 희미한 기억만이 낯설지 않음을 말해 주고 있었다.

산 위에서 내려다본 기억으로는 그리 멀지 않은 곳에 인가로 보이는 것들이 있었다. 헌데 걸어가 보니 끝이 보이지 않는 것이었다. 이럴 수도 있는 것인가? 진화는 모든 것을 하늘의 뜻에 맡기기로 하였다. 계속 앞으로 걸어갔다.

길이 아닌 것 같으면서도 길인 상태가 계속되었다. 옆의 나무와 풀들이 커졌다 작아졌다를 거듭하였다.

저 멀리 물인 듯한 것이 보였다. 이곳에 와서 전에 산 아래에서 아주 작은 물줄기를 본 이래 다시 물을 보는 것은 처음이었다. 안개

와도 같다가 물과도 같은 것이 보이고 있었다.

'저것이 무엇인가?'

지금까지 보던 것들과는 전혀 달랐다. 물인 것처럼 보였으나 지상의 물처럼 평평한 것이 아니라 아래위로 굴곡이 있었다. 큰 파도가 치다가 그대로 멈추어 버린 것 같은 형상이었다. 틀림없이 물처럼 보이는 것이었으나 물은 아닌 것 같기도 하였다.

진화는 걸음을 옮겼다. 가까워짐에 따라 선명하게 보이는 것이 틀림없는 물이었다. 그러나 잘 다려진 물엿처럼 고체의 성격을 가진 액체처럼 보였으며, 지상의 물과는 전혀 성격이 다른 것 같았다.

'이런 물도 있는 것인가?'

물이면서도 물이 아닌 것? 이 물에 손을 담가 보았다. 속세에서 물에 손을 담그는 것처럼 자연스럽게 손이 물 속으로 들어갔다. 차가운 것도 역시 속세의 물과 마찬가지였다. 물이 이렇게 변한 원인을 어디에서 찾아야 할 것인가? 물의 성격이 변한 것은 분명한데 물이 이렇게 고체의 형상으로 있을 수 있는 원인은 어디에서 찾아야 할 것인가? 가만히 주변을 보니 조금씩 불던 바람이 불지 않았다.

'바람이 불지 않는다?'

주변의 나뭇잎도 흔들림이 없었다.

'나만 움직이는 것인가?'

아까부터 주변의 어떠한 것도 움직임이 없음을 알고 있었다. 움직이는 것은 자신뿐인 것 같음을 느끼고 있었다. 그런데 그러한 희미한 느낌이 구체화되는 것이었다. 자세히 주변을 돌아보니 정말로 움직이는 것이 없었다.

'나만 움직이고 있다?'

가만히 들어보니 소리도 들리지 않았다. 귀가 이상한 것이 아닌가 하여 귀를 만져 보았으나 이상이 없었다. 자신이 움직이는 소리는 들리고 있지 않은가?

'무엇인가? 괴이한 일이로다.'

도대체 이렇게 된 원인을 알 수 없었다. 무엇이 이곳을 이렇게 멈추어 있도록 한 것인지 알 수 없었다. 진화는 여러모로 생각을 하였으나 달리 결론을 낼 수가 없었다. 어떠한 원인이 이곳을 이렇게 바꾸어 놓은 것일까? 누구의 힘으로 이곳이 이렇게 된 것일까?

아무튼 엄청난 무엇인가가 이곳에서 일어나고 있음이었다. 아무리 생각해 보아도 물이 움직이고 있지 않다는 것은 시간이 움직이지 않는 이상 불가능한 것이 아닌가 하는 생각이 들었다.

'그렇다. 이곳의 시간이 멈추어 있는 것 같지 않은가?'

그랬다. 시간이 멈추어 있었다. 물이 파도의 형상으로 멈추어 있는 것은 시간이 멈추어 있음을 말해 주는 것이었다. 시간이 멈출 수 있다니? 그렇다면 속세의 시간 역시 멈추어 있는 것일까?

이곳의 시간이 멈추어 있다면 속세의 시간 역시 멈추어 있을 것 아닌가? 내가 이곳에 와 있는 동안 시간이 멈추어 있다면 아까 보았던 그 사람들이 움직였던 것은 내가 움직이는 것처럼 시간의 예외가 있다는 것일까? 이상한 일이다. 시간에서 벗어난 예외가 있을 수 있다니! 어쨌든 그곳의 사람들이 있는 곳에 가 보아야 할 것이 아닌가. 가 보자.

가 보려면 물을 건너야 하였다. 바지를 걷고 물로 들어가 도랑을 건너도 역시 물은 그대로 있었다. 따라서 바닥은 평평하면서도 물의 높낮이가 있어 수위가 높은 곳이 있고 낮은 곳이 있었다. 바지가 젖지 않을 만큼 걷고서 도랑을 건넜으나 역시 물은 그대로 있었으며, 나뭇잎 역시 움직이지 않았다. 그러고 보니 아까부터 바람이 불지 않았던 것이 생각났다.

바람이 불지 않는다니?

천상의 맑은 소리

· 91 ·

이곳의 자연은 도대체 어떻게 이루어진 것일까? 이곳의 자연 역시 자연이라고 할 수 있는 것일까? 아니면 초자연적인 것일까? 자연이란 무엇일까? 자연이란 것이 시간과 장소에 따라 달라질 수 있는 것일까?

하여튼 알 수 없는 곳이었다. 이렇게 알 수 없는 곳에 와 있다니? 누구든 사람을 만나면 물어보아야 할 것 같았다. 그렇지 않고서는 확인할 방법이 없지 않은가? 이곳은 인간의 지혜로는 풀 수 없는 그 무엇이 있는 것 같았다.

그렇다면 무슨 지혜로 풀어야 할 것인가? 신의 지혜? 이곳을 만든 사람의 지혜로 풀어야 할 것인가? 과연 그분이 신인 것은 맞는 것일까? 신이라면 내가 지금 찾아가고 있는 그곳에 계시는 분들이 신일까?

아까는 여러 사람이 보였다. 그 여러 사람들이 전부 신이었던 것일까? 어쨌든 가 보자. 신이든 아니든 만나서 보면 확인이 될 것이 아니겠는가?

진화는 생각을 하면서 계속 앞으로 걸음을 옮겼다. 발걸음이 가볍지는 않았으나 그 무거움이 자신의 생각에서 비롯된 것임을 알 수 있었다. 생각을 가벼이 하면 가볍게 걸을 수 있을 것이다. 발걸음이 가벼워지면 더 빨리 걸을 수 있을 것 아니겠는가?

허나 발걸음을 빨리 옮기려 하였으나 더 빨리 가는 것은 자신의 능력이 아닌 듯 했다. 어쨌든 머릿속을 비우고 천천히 가는 것이 더 빨리 갈 수 있을지 모른다는 생각이 들었다.

'아무런 생각을 말고 가 보자. 그것이 오히려 더 빨리 갈 수 있을 것 아닌가?'

진화는 아무런 생각 없이 앞으로 걸어갔다. 하지만 아무런 생각이 없다는 것이 그렇게 쉬운 것은 아니었다. 수많은 생각들이 머릿속을 어지럽혀서 머리를 비울 수가 없었다. 어쩌면 이렇게도 많은 생각들이 머릿속에 있었나 싶었다.

  내가 살아온 날 동안 겪어 온 일들이 이렇게 많았나 싶은 생각도 들었다. 생각들이 머릿속에 들어있다고 머리가 무거운 것도 아니었다. 하지만 머릿속이 정리되면 가벼울 것은 사실이었다.

  머리가 가볍다는 것은 그만큼 다른 일을 생각할 수 있다는 것을 말해 주는 것 같았다. 어떠한 일을 생각할 수 있다는 것은 더 많은 일을 할 수 있다는 것과 동일한 것이었다.

  '더 많은 일을 할 수 있다.'

  무슨 일을 하여야 할 것인가? 내가 하여야 할 일은 무엇일까? 내가 할 수 있는 일은 무엇일까? 내가 하여야 할 일을 내가 못하면 누가 하는 것일까? 그대로 묻혀 버리고 마는 것일까?

  아닐 것이다. 그럴 리가 없었다. 이 세상은 누가 무슨 일을 해도 하는 것이며, 그 일이 어떻게든 되어 가는 것이다. 그렇다면 그것은 누가 조종하는 것일까? 하느님일까? 부처님일까? 아니면 그보다 높은 조물주일까?

  진화는 이 모든 것이 같은 것일 것도 같고 아닐 것도 같다는 생각에 빠져들었다. 걸어가면서 한참을 생각하던 진화는 생각의 끄트머리를 찾아낼 수 있었다. 모든 것은 갈 때가 되어야 간다는 것, 참으로 단순한 진리를 앞에 놓고 망설이고 있었던 것이다.

천천히 걸어가면서 한참을 머리를 비우지 못해 수많은 마음의 고통을 겪던 진화는 결국 모든 것은 갈 데로 가는 것이라는 것에 자신의 생각을 멈추었다. 갈 데로 가기 위하여 시간과 노력이 필요한 것이며, 최선의 노력을 다하였을 때 갈 데로 갈 수 있는 것이며, 시간과 노력이 없다면 갈 데로 가기로 되어 있어도 갈 수 없는 것 같았다.

'갈 데라……. 갈 곳이 어디인가? 지금은 인가를 찾아서 가는 중이지만 나중에는 어디로 갈 것인가?'

하지만 나중 생각은 나중에 하기로 하였다. 나중 생각은 지금은 필요 없는 것 아닌가? 지금은 지금 필요한 만큼만 생각하면 될 것이 아니겠는가? 그랬다. 나중 일은 그때 가서 결정되는 것이 아니겠는가?

'내가 이곳에서 사람들을 만나서 어떠한 결과가 나올 것인지도 모르고 있지 않는가? 그럼에도 어찌 나중을 생각하는 것인가? 나중이 길어지면 나의 미래가 된다. 나중을 안다는 것은 인간의 미래를 안다는 것이 아닌가? 나로서는 나중을 안다는 일은 불가능한 일이다. 그렇다면 가능한 사람은 누구일까? 나중을 알 수 있는 사람은 누구일까?'

진화는 이러저러한 생각을 하면서 계속 앞으로 걸어갔다.

· 92 ·

시간이 흐르지 않는 가운데 진화의 발걸음은 계속 옮겨졌다. 앞으로 갈수록 발걸음이 무거워졌다. 이유는 모르겠으나 앞에서 막는 것 같은 기운이 있었다. 무엇인가가 있는 것 같았다. 그런 대로 한참을 걷다 보니 저 멀리 무엇인가가 보였다. 집 같았다. 아니 집처럼 보이는 것이었다. 여러 채가 있었다.

기와집이었다. 대갓집처럼 큰 집이었다. 속세에서 보았던 것과 같은 크기였다. 저 집에는 누가 살고 있을까? 사람이 보이지 않았다. 누군가가 살고 있다면 보일 것이다. 그런데 아무도 움직이는 것이 없었다. 이곳에도 동물이 있는지는 알 수 없으나 그러한 것도 보이지 않았다.

그렇다고 사람이 살지 않는 집처럼 빈집의 티가 나는 것은 아니었다. 무엇인가 따뜻한 기운이 감돌고 있었다. 누군가 사람이 살고 있는 것인가? 사람이 살고 있다면 왜 보이지 않는 것일까?

이런저런 생각을 하는 사이에 기와집의 앞까지 다다랐다. 집의 담장이 너무 길어서 끝이 보이지 않을 것 같았다. 대문 위에 간판이 걸려 있었다.

'천상각(天上閣)'

이 기와집이 천상각이라니? 사람이 살고 있는 집처럼 크게 생겼지 않은가? 그런데 누각처럼 천상각이 무슨 말인가? 적어도 이렇게 큰 집이라면 무슨 형태이든 다른 간판이 걸려 있어야 마땅하리라는 생각이 들었다. 이렇게 큰 누각이 있단 말인가?

진화는 기침을 한 번 하였다. 누가 있다면 인기척이 있을 것이었다. 헌데 기침을 하고 한참을 기다려도 아무도 대답을 하는 사람이 없는 것이었다.

진화는 대문을 넘어 들어갔다. 들어가면서 다시 기침을 하였으나 역시 아무도 없었다. 그렇다면 이 집은 생각과는 달리 빈집이었던 것일까? 대문의 안으로 각종 꽃들이 피어 있었다. 생전 처음 보는 꽃들이었다. 이렇게 아름다운 꽃들을 보기는 처음이었다. 형형색색의 아름다운 빛깔의 꽃들이 피어 있었다.

진화는 주변을 한번 둘러보았다. 담장 외에는 아무것도 보이는 것이 없었다. 그렇다면 멀리서 볼 때 이곳의 집들이 여러 채인 것처럼 보였던 것은 무슨 까닭인가? 진화는 고개를 갸웃하며 다시 주변을 돌아보았다.

무슨 소리인가 들린 것 같았다. 사람의 인기척 같기도 하고 아닌 것 같기도 한 소리였다. 사람의 옷깃이 스치는 소리처럼 들렸으나 정확한 것인지는 알 수 없었다. 가만히 귀를 기울이자 다시 아무런 소리도 들리지 않았다.

'잘못 들은 것일까?'

하지만 헛것을 들은 것은 아니었다. 분명히 무슨 소리인가 들렸던 것이다.

'무슨 소리일까?'

그냥 소리가 아니었다. 머릿속을 관통해 지나가는 소리였다. 이렇게 맑은 소리를 들어 본 적이 없었다.

'천상의 소리일까?'

소리를 듣는 순간 마음이 가라앉는 것을 느낄 정도로 맑은 소리였다. 단지 옷깃을 스치는 것 같은 가벼운 소리임에도 이렇게 영향을 줄 수 있는 것일까?
다시 한 번 소리가 들렸다. 틀림없이 누군가가 걸어오느라 옷깃이 스치는 소리 같았다. 발자국 소리는 들리지 않으면서도 옷깃을 스치는 소리가 들리다니? 더군다나 담장 외에는 보이는 것도 없지 않은가? 그런데 어디서 이런 소리가 나는 것일까?
진화는 주변을 돌아보았다. 도저히 소리가 들리는 방향을 종잡을 수 없었다. 정원 같기도 하고 아닌 것 같기도 한 이곳은 무엇을 하는 곳일까? '천상각'이라고 쓰인 것으로 보아서는 이곳은 사람이 거주하고 있는 곳은 아닌 것 같았다. 그렇다면 누군가가 와서 잠시 쉬다가 가는 곳일까?

　잠시 더 소리가 나기를 기다렸으나 아무런 소리도 들리지 않았다. 진화는 다시 발걸음을 천천히 옮기기 시작하였다.

낭자는 뉘시며 이곳은 어디인지

수십 미터쯤 갔을 때 저만치 앞에 무엇인가가 보였다. 누군가가 오고 있었다.

사람인 것처럼 보였으나 누군지 알 수 있을 만큼 가까운 거리는 아니었다. 다시금 마당의 넓이를 알 수 있었다. 저렇게 넓은 곳이었구나! 옷을 입은 것으로 보아서는 남자 같았다. 하지만 걸음걸이로 보아서는 여자 같기도 하였다.

'이곳에서 살고 있는 사람일까?'

차츰 다가가면서 보니 어디선가 본 듯한 얼굴이었다. 상대방도 자신을 알고 있는 것 같은 표정이었다.

'어디서 봤더라?'

가까워지는 것을 보니 분명 본 얼굴이었으나 생각이 날 듯 말 듯 하였다. 깊이 생각을 더듬어 보던 진화는 소스라치게 놀랐다. 자세히 보이지는 않았으나 개울가에서 본 바로 그 낭자의 얼굴 같았다.

당시에는 여자였고 지금은 남자의 옷을 입고 있으나 바로 그 낭자였다. 그렇다면 그때에는 왜 여자의 옷을 입고 있었던 것일까? 남자인가? 여자인가? 옷을 보면 남자 같기도 하고 당시의 생각을 하면 여자인 것 같아 어떻게 행동을 하여야 할 것인지 알 수가 없었다.

머릿속이 복잡해져 왔다. 무슨 말인가 하여야 할 것 같았다. 무슨 말을 할 것인가? 하지만 아무 말도 생각나지 않았다. 이런저런 생각을 하는 사이 이제는 서로의 얼굴을 알아볼 수 있을 만큼의 거리가 되었다. 바로 그 처녀였다.

먼저 말을 건 것은 그 처녀였다.

"어쩐 일로 이곳에 오셨는지요?"
"소생도 연유를 모르겠소이다. 이곳은 어떤 곳이며, 낭자는 이곳에서 무슨 일을 하시는지요?"
"아직 때가 아니옵니다. 돌아가시옵소서."

"무슨 말씀이시온지요?"

"아직은 이곳에 오실 때가 아니라는 말씀입니다. 그러니 돌아가셔서 하실 일을 마저 하고 오십시오."

"돌아갈 방법도 모를 뿐더러 가서 할 일이란 또 무엇이오?"

"가시면 하실 일이 많이 남아 있습니다. 그 일들을 모두 하고 나서 이곳에 오셔도 늦지 않사옵니다."

"어떻게 돌아가야 하는지요?"

"그냥 가시면 됩니다."

"그냥이라니? 이곳에 오기 전에도 수없이 돌아가는 일에 대하여 생각을 해 보았소이다. 하지만 갈 방법을 찾지 못하였소. 그런데 어떻게 그냥 가라고 하시는 게요?"

"간다고 생각하시면 가실 수 있을 것이옵니다."

처녀의 얼굴은 화를 내는 것인지 웃는 것인지 알 수가 없었다. 하지만 그 어느 얼굴보다도 용모가 단정하고 목소리 또한 맑고 또렷하였으며, 도저히 인간이라고 생각할 수 없을 만큼 완벽 그 자체였다.

"한 가지만 물어봅시다."

"무엇이온지요?"

"낭자는 뉘시며, 이곳이 어떠한 곳인지만 알면 돌아가겠습니다."

"이곳이 무엇을 하는 곳인가에 대하여는 아직 알려 드릴 수가 없습니다. 다만 언젠가는 오실 곳이라는 사실 외에는 더 이상 말씀드릴 내용이 없사옵니다."
"그렇다면 지금은 왜 내가 이곳에 와 있는 것이오?"
"지금은 왔다고 할 수 없습니다."
"그것이 무슨 말씀이시오? 낭자!"
"곧 아시게 될 것이옵니다."
"이곳에는 낭자 혼자 계시는 것이오?"
"더 이상의 질문은 허용되지 않사옵니다. 자, 돌아가시옵소서."

갑자기 진화는 자신을 이끄는 어떠한 힘이 강력히 뒤로 미는 것을 느꼈다. 처녀는 그대로 서 있건만 자신은 어떠한 힘에 이끌려 뒤로 마구 미끄러져 가는 것이었다.

"낭자, 더 귀찮게 하지 않을 것이오. 한 가지만 물어도 되겠소이까?"
"잘 돌아가시옵소서. 이곳에서의 일은 잊으시고 여생을 잘 보내시옵소서."

· 94 ·

"낭자! 낭자! 잠깐만······."

진화는 애타게 불렀으나 이미 상대방에게 목소리가 전달될 수 있는 거리를 지나고 있었다. 아무리 불러도 목소리가 나오지 않았다.

무엇인가 진화를 흔드는 사람이 있었다. 누군가? 옆에 자고 있던 처가 자신을 흔들어 깨우고 있었다.

"무슨 꿈을 그렇게 꾸시옵니까?"
"아무것도 아니오."

진화는 전신이 흠뻑 젖어 있었다. 아무리 생각해도 이상하였다. 꿈인지 생시인지 구별이 가지 않는 가운데 지금은 현실세계에 와 있으나 조금 전까지의 모든 것들이 꿈만은 아닌 것 같았다.

처가 이상하게 생각하는 것을 가까스로 재워 놓고 진화는 다시 생각에 잠겼다. 처의 걱정은 땀을 많이 흘리는 것에 대하여 혹시 건강에 이상이 있는 것은 아닌가 걱정하는 정도였으므로 진화가 이해시키기는 쉬웠다.

허나 그러한 것은 부수적인 것에 불과하였다. 아무리 생각해도 자신이 다녀온 곳은 꿈속에서 본 것이 아니었던 것이다. 꿈속이었지만 시간이 흐르지 않음으로 인하여 속세의 시간이 정지해 있을지도 모른다는 점에 대하여 문득 생각을 하였던 것이 기억났다.

그것은 사실이 아니었을까? 깜깜한 밤중인 것으로 보아 자신이 잠들었던 그 시간이 길지 않은 것 같았다. 아마도 서너 시각(한 시간 정도)이 흐른 것처럼 느껴졌다. 그렇게 짧은 시간이 자신이 느끼기에는 며칠은 흐른 것 같았다.

시간의 흐름이 이곳과 그렇게 달랐었다. 하긴 해가 지지 않는 곳이었으니 시간을 모를 수밖에 없었다. 진화는 잠을 못 이루고 뒤척뒤척했는데 어느새 날이 밝았다. 거의 잠을 자지 못한 것 같았다. 하지만 피곤한 것은 아니었다. 몸 전체가 시원한 것이었다.

'이상한 일이다. 다른 때 같으면 그토록 잠을 이루지 못하였으면 약간은 피곤할 것인데……'

진화는 그날 이후로 다시 그러한 일이 생기지 않을까 하는 설레임으로 잠을 이루지 못하는 날들이 가끔 있었다. 하지만 다시 그러한 일이 생기지는 않았다.
서너 달이 지나 진화는 다시 그 친구를 만나러 다녀왔으며, 그 개울을 건너며 자세히 살폈으나 아무런 다른 점을 발견할 수 없었다.

'이상하다. 이 무슨 조화인가? 이렇게까지 전혀 이상한 점을 발견할 수 없다니?'

자신도 어이가 없을 지경이었다. 그곳이 분명하기는 하였다. 허나 다시 보아도 종전의 그 부분을 발견할 수 없었다. 물속을 보아도 모든 것이 바로 보였으며 물도 평범하게 흐르고 있었다.

별을 읽는 아이

· 95 ·

그 일이 있은 후 진화의 머릿속을 떠나지 않는 것은 전에 꿈속에서 보았던 바로 그곳이었다. 사실은 꿈속이었는지에 대한 자신도 없었다. 그곳은 바로 또 하나의 현실세계였으며, 절대로 꿈속에서 지나친 곳이 아니었다. 서너 달이 지났건만 속세의 어느 기억보다도 생생하게 머릿속에 살아 있는 것이었다.

현실세계에서 어제 겪은 일도 그렇듯 생생하게 기억이 나지는 않을 정도로 생생한 것이었다. 꿈이 아니라는 확신을 가지고 있는 이유는 전에 꿈속에서 본 것들은 깨고 나면 금방 잊어버리고 말았던 것인데 이번에는 전혀 그렇지를 않은 것이다.

'참 이상도 하지.'

진화에게는 요즈음 이상한 버릇이 하나 생겼다. 혼자 있으면 무슨 말인가 중얼거리는 것이었다. 나잇살깨나 먹어서 정신이 이상하다는 말을 들을 수는 없었다. 하지만 너무나 이상한 것은 분명하였다. 그럴 수가 없었던 것이다. 자신이 태어나고 나서 그렇듯 이상한 일을 겪어 본 적도 없거니와 이번에 겪은 일은 시간이 지날수록 생생하여 도저히 기억에서 사라지질 않았다.

'이러다가 내가 이상한 사람이 되는 것은 아닐까?'

그러나 그렇지는 않았다. 점차 시간이 흐를수록 다른 일들에 대해서도 기억이 생생해지며, 사리판단이 더욱 정확해지는 것을 느낄 수 있었다. 전이라고 해서 판단에 오류가 있었던 것은 아니지만 그곳에 다녀오고 나서는 매사가 조심스러워지고 세밀해졌던 것이다.
이러한 현상을 무엇이라고 생각하여야 할 것인지 스스로 설명이 되질 않았다. 다른 누구에게 그러한 말을 한다고 해서 믿어 줄 사람이 있을 것 같지도 않았다. 그랬다가는 아마도 자신만이 이상한 사람이 될 것 같았다. 혹시 누군가가 그 비슷한 이야기라도 한다면 그때 가서 나도 그러한 경험이 있노라고 이야기할 수 있을 것 같았으나 누가 이야기하기 전에 먼저 이야기한다는 것은 스스로 이상한 것을 자인(自認)하는 것 같아 참고 있었다.

다른 비밀 같으면 참고 있다는 것이 답답함 그 자체였을 것이나 이 일에 대해서는 답답함이 없었다. 그것도 이상한 것 중의 하나였다. 자신에게 어떠한 변화가 있는 것인가? 나의 어디가 어떻게 변한 것일까? 이러한 생각의 변화는 또 어떠한 결과를 가져오는 것일까?

어쨌든 좋은 비밀을 하나 가지고 있다는 것은 즐거운 일일 수 있었다. 진화는 자신이 퍽 낙천적으로 되어 가고 있음을 느꼈다. 요즈음 들어 매사에 느긋해진 것이다. 전에는 다소 급한 성격이었으나 근래 들어 퍽 느긋해진 것을 발견할 수 있었다.

'내가 생각해도 그 일 이후로 나의 성격이 많이 바뀐 것 같아.'

진화는 모든 일에서 느긋해지고 대범해진 자신이 대견스러워졌다. 이렇게 된 이유는 그곳에 다녀온 것 이외에는 설명할 길이 없었다. 어쨌든 모든 일이 즐겁고 신나는 가운데 세월이 흘러갔다. 가족들은 모두 평범한 날들을 보내고 있었으며, 매사가 걸림이 없었다. 주변 사람들 역시 별다른 일이 발생하지 않는 가운데 평범한 일상을 보내고 있었다.

진화의 가정에 즐거운 일이 하나 있는 것은 바로 진화의 아들 지함이 영리하기가 진화를 능가하는 것이었다. 하나를 가르쳐 주면

열을 알았으며 안 것에 대하여 조금도 자랑하거나 뽐내는 법이 없었다. 때로는 아이들의 소견으로 뽐내는 일이 있을 것 같았으나 전혀 그러한 일이 없는 것이 또한 신통한 일이었다.

아이의 행동인 것 같지 않을 정도로 어른스러웠다. 뿐만 아니라 궁리 또한 어른스러워서 다른 사람에게 피해가 되는 일은 하지 않았다. 부모가 지함이 할 일을 잘 챙겨서 시켜서가 아니라 스스로 잘 하였기 때문에 모든 일이 순탄할 수밖에 없었다.

허나 진화가 지함이 신통하다고 느끼는 것은 다른 사람의 기준으로 보았을 때의 신통함이 아니었다. 이 아이가 무엇인가를 알고 있는 것 같은 것이었다.

하루는 하늘의 별을 바라보고 있던 아이가 혼잣말로 조만간 무슨 일이 있을 것 같다는 이야기를 중얼거리는 것이었다. 아이가 할 소리가 아니었다. 서당에 다니는 나이의 아이가 알면 무엇을 알아서 무슨 일이 생길 것 같다는 어른스러운 소리를 한단 말인가. 진화의 상식으로는 있을 수 없는 일이었다. 진화는 가만히 듣고 있다가 들어와서는 지함을 방으로 불렀다.

"얘야, 아까는 무엇을 본 것이 있더냐?"
"무슨 말씀이시옵니까?"
"네 혼잣말로 무슨 일이 있을 것 같다고 하지 않았느냐?"
"네. 아직 잘은 모르겠사오나 서쪽 하늘에서 큰 별이 지는 것으로 보아 중국에 무슨 일이 있을 것 같사옵니다. 그 별이 지는 모습을 보니 서남쪽으로 내리꽂히다가 다시 동쪽으로 올라가서는 지는 것이었습니다. 이러한 모습은 북쪽에서 누가 쳐내려와서 중국에 내란이 난 것 같으며, 내란 중에 무슨 변고가 있었던 것 같사옵니다. 별빛이 아주 붉은색이 날 뿐더러 흐르는 중간에 끊김이 여러 번 있었던 것으로 보아 아마도 작은 일은 아닌 것 같으며 황제의 신상에 변고가 있는 것 같습니다."

"네가 별을 보고 그것을 어찌 안다고 할 수 있겠느냐?"

"일전에 점성술 책을 본 적이 있습니다. 그래서 가끔은 하늘을 보며 별들의 움직임을 살펴보고 있었는데 우연히 그러한 일을 발견하여 생각을 해 본 것이옵니다."

"혹시 누구에게 이야기하지 않도록 해라. 잘못하면 큰일 나느니라."

"예, 알겠습니다. 아버님."

지함이 본 것은 정확한 것이었다. 점성술에 대하여 알았다면 이 아이가 다른 무엇인가를 더 알고 있는 것은 아닐까? 한번 물어 보아야 할 것 같았다.

진화의 생각은 절대로 이 아이가 그냥 있을 아이가 아니며 그렇다고 도리에 어긋나는 행동을 할 아이도 아니므로 마음 놓지 못할 것은 없었으나 무슨 생각인가를 하면서 있을 것 같아 궁금하기 이를 데 없었다.

아이가 먼저 이야기를 하기 전에 물어볼 일은 아닌 것 같았으므

별을 읽는 아이

로 좀 더 참기로 하였다.

어쨌든 무엇인가를 본 것 같았으며, 그 본 것이 정확한 것이라면 언젠가 사용할 곳이 있을 것이었다. 이야기를 하고 안 하고는 중요한 것이 아니었다.

세월

· 97 ·

세월이 흘렀다. 언제나 다름없이 모든 것들은 변해 가고 그 변한 것들을 가지고 또 사람들은 남은 세월을 살아가는 것이었다.

계절의 변화와 함께 어느덧 진화는 점점 어른이 되어 갔으며, 동네에서 어른으로서의 역할을 훌륭히 수행하고 있었다. 한학(漢學)에 열중하면서 진화의 학식은 깊어져 갔다. 열중하지 않을 수 없는 것이 지함의 이 세상을 보는 안목에 오히려 진화가 자극을 받을 정도였던 것이다.

남들은 자신들이 모르고 있는 것까지 진화가 무엇이든 전부 알고 있는 것으로 생각하였다. 하지만 진화는 사실상 속으로는 점차 이 세상의 모든 것들에 대하여 궁금증만 더해 가고 있었다. 그 궁금증이란 다름 아닌 이 세상이 움직이는 원리에 대한 것이었다. 이 세상은 어떻게 생겼으며, 어떻게 유지되어 가고 있는 것일까? 잠시도 가만히 있지 않고 자꾸만 변하여 가는데 이 변화하는 모든 것들은 어떠한 일정에 의하여 변하여 가고 있는 것일까?

인간은 세월이 흐르면서 나이를 먹는다. 늙어 가지 않을 수 있는 사람은 아무도 없다. 세월의 흐름을 거부하고 자신의 현재 위치를 고정시킬 수 없다면 함께 흘러가면서 무엇인가 얻으며 살아가야 할 것이었다. 그 얻음 중에 가장 중요한 것이 바로 내가 무엇인가에 대한 것이며, 내가 무엇인가를 알고 나서 두 번째 질문을 던질 생각이었다.

그 대상은 바로 천지의 자연이었다. 이 자연이 나의 말을 알아들을 수 있을 것인가? 자연과 통할 수 있는 언어가 따로 있을 것이었다. 인간의 언어로 한들 자연이 어떻게 알아들을 수 있을 것인가?

· 98 ·

　언젠가 친구네 집에 가던 중 있었던 일이 생각났다. 그때는 무슨 일로 그러한 일이 생겼단 말인가? 그냥 생긴 일은 아닐 것이었다. 무슨 연유가 있어서 나에게 그러한 일이 생긴 것이 아니겠는가? 참으로 이상하다고밖에 생각할 수 없는 곳이었다. 당시의 모든 일들이 너무도 생생하게 기억났다. 대단한 곳이었다. 인간의 상식으로는 이해할 수 없는 곳이었다.

　'그곳의 시간은 왜 멈추어 있었던 것일까? 시간을 멈추어 놓았던 것일까? 아니면 내가 멈추었던 시간 속으로 들어갔던 것일까?'

　진화는 아무리 생각을 해도 알 수가 없었다. 그 해답을 풀기 위하여 다시 한 번 그곳을 방문해 보아야 할 것 같았다. 하지만 그곳을 방문한다는 것이 어디 마음대로 되는 일인가? 뿐만 아니라 그곳이 어디인지도 모르고 있지 않은가? 전에도 그 개울을 건너서 사람들을 만나고 왔건만 그때는 아무런 생각이 나질 않았다. 그런데 오늘 문득 그러한 생각이 나는 것이었다.

　요즈음은 책을 보아도 무엇인가 머릿속이 정리되지 않음을 알고 있었다. 뒤숭숭한 것이 다른 생각들이 자꾸 생각을 어지럽혀 한 가지 생각이 지속되지 못하도록 하고 있는 것이었다. 때로는 사람들과 대화를 하는 도중에도 다른 생각이 떠올라 한 가지 생각에 집중하지 못하도록 하는 편이었다.

모든 것이 싱숭생숭하였다. 마음이 흔들리는 것은 아니었으나 세상이 달라지는 것에 대하여 전에는 무심하게 넘어갔었으나 요즈음은 왜 이리도 마음이 어수선한 것인가? 이렇게 된 원인이 무엇인가? 내가 무슨 정신적인 방황기에라도 든 것일까?

진화는 모든 것이 때가 되면 생각이 나는 것인 줄 알고 있었다. 그렇다면 오늘은 무슨 때가 되어서 그러한 생각이 나는 것일까? 때가 되었다는 뜻일까? 때라면 무슨 때가 되었다는 뜻일까?

진화는 책을 읽다 말고 책상에 턱을 고이고 생각에 잠겼다.

'요즈음 나에게 일어나는 일은 무엇인가? 내게 무슨 일이 일어나고 있는 것인가? 어떤 답을 알아내어야 이러한 상태를 정리할 수 있을 것인가?'

전에는 자신에 대하여 불안한 경우가 없었다. 아주 잘났다고 할 수는 없어도 그런 대로 남에게 실수는 하지 않았으며, 따라서 다른 사람들이 상당히 신뢰하고 따르는 편이었다. 진화의 말이라면 누구를 막론하고 함부로 하지는 않았던 것이다. 물론 자신이 터무니없는 말을 하지 않은 것이 가장 큰 원인이라면 원인일 수 있었다. 하지만 그것만 가지고는 안 되는 그 무엇인가가 있었다. 진화는 자신도 모르는 그 무엇인가가 자신을 만들어 가고 있음을 알고 있었다.

동네 사람들은 자신들끼리 결론을 내고도 진화의 표정을 살펴 이상하게 생각하고 있는 것은 아닌지 염려하며 진화의 동의를 묵언 중에 구하고는 하였던 것이다. 이러한 것들이 자연스레 자리잡히면서 진화가 나름대로 동네의 중심적인 역할을 하여 오고 있지 않았던가?
　그것은 자타가 공인하는 것이었다. 인근의 동네에서도 진화의 신뢰는 확고해진 것이 아니었던가? 그러한 신뢰는 진화의 예지력 때문이었다. 인간의 가까운 미래는 물론, 어려운 일까지도 가끔 지혜를 빌려 주는 진화 앞에 동네 사람들이 마음의 무릎을 꿇은 것이 그 중요한 이유라면 이유일 수 있었다.

　'하지만 내가 무엇을 알고 있단 말인가? 이 대자연과 세상에 대하여 내가 무엇을 알고 있단 말인가? 그것들이 이렇게 된 연유는 어디에서 발원(發源)하는 것일까?'

　세상을 살아가는 데는 별로 필요 없는 질문에 자신이 너무 집착하는 것은 아닐까? 그 질문에 대한 해답을 구한다고 해서 생활이 조금이라도 나아진다는 확신이 없었다. 누구에게 폐를 끼치는 것을 극력(極力) 싫어하는 성격 탓이기도 하였지만, 진화는 다른 사람을 도와주고도 어떠한 대가를 받은 적이 없었다. 자신의 성격상 어떠한 것을 알아내도 실질적으로 자신의 생활에 도움이 되지는 않을 것이다.

어차피 그렇다면 남들이 하지 않는 것 중에서 사람들에게 무엇인가 도움이 되는 것을 내가 하여야 하는 것 아니겠는가? 그것이 실리를 챙김에 도움이 되고 아니고는 알 바 아니다. 나의 생활에 도움이 안 된다고 해서 누구에게도 도움이 되지 않는다는 것은 있을 수 없는 일이 아닌가? 나에게 설령 약간의 손해가 난다고 해도 타인에게 그 이상의 도움이 간다면 하여야 하는 것 아니겠는가?

인간의 힘에 대하여 진화는 새삼 강력한 그 무엇을 느끼고 있었다.

'인류'

단순한 인간 하나하나가 아니라 인간들이 모인 집단인 인류는 인간들 한명 한명이 모인 것보다 그 영향력이 더욱 컸다. 그러한 영향력을 가지고 인류는 지구를 자신들만의 별로 만들어 가고 있는 것이었다.

· 99 ·

지구에 대하여 진화가 생각한 것은 근래의 일이었다. 진화는 지구가 전 우주에서 가장 크고 발전한 천체로 알고 있었다. 하지만 이 지구가 천체에서 차지하고 있는 역할에 대하여 알고 있는 것은 없었다. 지구가 엄청난 에너지를 가지고 있는 별이란 것은 어렴풋이 알 수 있었으나 그 에너지가 어디에서 나오는 것인지, 다른 별에는 어떠한 영향을 미치는 것인지에 대하여는 알 수가 없었다.

진화는 가끔 천체에 대한 지식이 책에 나와 있는 것을 본 적은 있으나 그 내용들이 정확한 것인지에 대하여도 알 수 없을 뿐만 아니라 일견(一見) 허무맹랑한 것이라는 생각이 들기도 하였다. 매일 바라보는 하늘에 떠 있는 별들이 지구의 인류에게 영향을 미친다는 것은 어쩌면 있을 수 없는 일인 것 같기도 하였다. 얼마만큼 멀리 있는지도 모르는 저 별들이 어떻게 인간에게 영향을 미친다는 것인가?

인간에게 영향을 미칠 수 있는 것은 이 땅밖에 없는 것 같았다. 이 땅을 떠나서는 인간은 존재할 수 없는 것이었다. 우선 서 있을 수도 없을 뿐더러 서 있다고 해도 무엇을 먹고산다는 것인가? 이 땅에서 나오는 것을 먹고사는 것 아닌가?

땅이 없다는 것은 전부 없다는 것과도 같은 것이었다. 그렇게 절대적인 땅을 놓아두고 인간에게 더욱 영향을 미치는 것이 있다는 것을 알았다는 것이 진화로서는 신기한 일이었다. 어쩌면 요즈음 자신을 어지럽히는 분위기는 그러한 면에서 나오는 것인지도 몰랐다.

지금까지 알고 있던 것들이 깨어져 나가고 새로운 것들이 자신의 내부로 들어오고 있는 것이다. 그 새로운 것들이 자신의 기존의 지식을 송두리째 살살 흔들고 있는 것 아닌가? 내가 무엇을 알고 있다고 생각했던 것이 점차 어딘지 비어 있는 것으로 생각되는 것이다.

'내가 무엇을 알고 있단 말인가? 과연 나는 다른 사람들에게 무엇을 가르칠 만한 사람인가? 내가 무엇을 알고 있다고 다른 사람들

에게 이래라저래라 할 수 있단 말인가? 있을 수 없는 일이다.'

진화는 자신의 부족함을 알아가고 있었다. 인간으로서 알 수 있는 것은 어디까지일까? 인간이 저 멀리 별에 대하여 무엇을 알 수 있는 것일까? 가서 볼 수 없는 것이라면 가지고 와서 확인할 수 있기라도 하여야 하였다. 하지만 그 두 가지가 다 불가능하였다. 그러나 부인할 수 없는 실체였다.

가서 볼 수 없다고 실체가 없는 것도 아니었으며, 그것이 영향을 미치지 않는 것도 아니었다. 분명히 저 별들과 달은 하늘의 중요한 일부로서 지구에 영향을 미치고 있었다. 어떠한 영향을 미치는 것인지는 모르겠으되 영향을 미치고 있는 것만은 틀림없었다.

언젠가 가 본 바닷가에서 조수간만(潮水干滿)의 차이가 달에 의해 이루어지고 있음을 들었다. 분명히 하늘과 땅은 둘이 아닌 하나인 것이다. 그렇지 않고서야 그러한 일이 일어날 수 없었다. 어떻게 밀물과 썰물이 하늘에 있는 존재들에 의해 일어날 수 있단 말인가?

처음에는 의아하게 생각했던 진화는 그것이 곧 하늘과 땅이 둘이 아닌 하나임을 알고 나서 이해할 수 있었다.

'그렇다, 하늘과 땅은 하나인 것이다. 그렇다면 나는 이 땅을 통하여 하늘을 알아낼 수 있을 것인가?'

그럴 수도 있을 것 같았다. 하늘을 통하여 땅에서 일어나는 일을

알아내는 방법으로 점성술이란 학문이 있는 것을 알고 있었다. 그
렇다면 땅을 통하여 하늘에서 일어나는 일을 알아낼 수 있는 방법
도 있을 것이었다. 서로 통한다면 그것이 정상일 것이며, 그러한 것
을 적어 놓은 책이라든가 아니면 그 외의 것이라도 무슨 선조들의
발자취가 있을 것 같았다. 발자취가 없다면 그것을 만들어 나가면
될 것이었다. 아직 들어 본 적은 없다.

'쉽지는 않을 것이다. 하지만 누군가가 알고 있을 것 아니겠는가?'

진화의 모든 관심은 그것에 빠져 있었다. 그러한 생각으로 날이
새고 그러한 생각으로 잠이 들며 그러한 생각으로 종일을 보내고
있었다.
요즈음은 그러한 생각을 하는 틈틈이 평소 하던 일을 하고 있는
것이었다. 전에는 평소 하던 일을 하면서 다른 것을 생각하였으나
요즈음은 자신이 하던 기존의 일을 놓아두고 다른 생각을 하고 있
는 것이었다. 진화는 이러한 것이 본래의 자신의 모습에 가까운 것
임을 알고 있었다.

천자문 속의 우주

· 100 ·

누군가는 하여야 하지만 다른 사람이 하지 않는 것을 찾아 하여야 할 것이다. 그것이 무엇이든 그 일을 하는 것이 금생에 내가 태어난 이유일지도 모른다는 생각을 하였다.

'금생에 태어난 이유.'

그것은 각자가 다를 것이다. 각자가 다른 이유는 하여야 할 일이 다른 것이 아니겠는가? 그렇다면 각자가 다른 일을 하면서 살아가는 것이 자신의 길이라고 생각할 수 있을 것이다. 전부가 왕이 될 수도, 전부가 하인이 될 수도 없는 것이다. 각자가 알아서 할 수 있는 일을 하여야 할 것이다.

'나의 출생 이유, 나를 이 세상에 태어나게 한 이유는 바로 나만이 할 수 있는 일을 하도록 하기 위함이 아니겠는가? 나만이 할 수 있는 일, 그것이 무엇이겠는가?'

아직은 확신이 없지만 자신이 아니면 할 수 없는 일, 자신만이 할 수 있는 그 일을 하면서 살아가는 것이 옳은 것 같았다. 그 일이란 하늘과 땅의 관계를 밝혀 내는 일이 아니겠는가?

'하늘과 땅의 일이라……'

스스로 생각을 하긴 하였으나 이 일을 어떻게 풀어 나가야 할 것인지 생각이 나질 않았다. 모든 것은 실마리가 있어야 쉽게 풀 수 있는 것인데 어디서부터 잡아야 할 것인지 감이 잘 잡히지 않는 것이었다.

무엇인가 가까이 있기는 있으면서 잡으려고 하면 안개처럼 손에서 빠져 나가는 것이었다. 잘 알지 못하는 것의 실체를 잡는다는 것은 정말로 어려운 일 같았다. 하지만 잡을 수 없는 것을 잡겠다고 욕심을 부리는 것은 아니었다. 잡을 수 있을 것 같기도 하였다.

지금까지 인간이 이루어 온 것도 전부 누군가가 조금씩 이루어 온 것도 있고, 한 사람이 당대에 이루어 온 업적도 있는 것이었다.

'나는 어떠할 것인가? 어떠한 쪽에서 일을 하게 될 것인가?'

하지만 그러한 것은 생각지 않고 우선 자신의 일을 하여 보도록 생각을 정리하였다.

'나의 일을 하자. 미리 정해져 있는 것이 있다면 내가 이루고 싶다고 해서 되는 것이 아닐 것이며, 이루고 싶지 않다고 해도 이루어질 것이다. 나의 길은 어떠할 것인가? 하늘을 연구하고 하늘을 바라보며, 하늘을 알기 위하여 일생을 보낼 것인가?'

하늘을 알면 땅과의 관계도 알 수 있을 것 같았다.

'하늘과 땅'

매일 바라보고 매일 딛고 살며 매일 숨을 쉬는 이 땅과 하늘이 어떠한 관계에 있는 것일까? 내가 알지 못하는 엄청난 비밀이라도 있는 것일까? 비밀이 있다면 어떠한 비밀이 있는 것일까? 하늘과 땅의 관계를 잘 알 것 같으면서도 막상 알려 하면 모르는 것이 너무 많았다.

무엇을 안단 말인가? 하늘은 저렇게 떠 있고, 땅은 이렇게 바다에 있는데 다른 것이 무엇이란 말인가? 물론 보아서 알 수 있는 것이 있었다. 하지만 보아서 모르는 것은 어떻게 할 것인가? 땅은 만지고 밟아도 볼 수 있지만 하늘은 만져서 알 수 있는 것이 아니었다. 하늘을 느낄 수 있는 것은 무엇을 통하여서일까?

진화는 지속적인 생각으로 매일을 보내자 무엇인가 감이 잡히는 것이 있는 것 같았다. 그랬다. 하늘은 오직 하늘로만 구성된 것이 아니고 하늘이 땅이고 땅이 하늘인 것 같은 생각이 드는 것이었다. 따라서 땅을 통하여 하늘을 알 수 있는 것 같기도 하였다.

· 101 ·

그러한 생각에 깊숙이 빠져 있다가 다시 생각해 보면 아닌 것 같기도 하였다.

하늘이 어찌 땅이 될 수 있단 말인가? 아니다. 땅과 하늘은 결코 둘이 될 수 없는 것이다. 어찌 이 천하가 둘이 될 수 있을 것인가? 하나의 원리로 움직이는 것일 것이다.

허나 다시 생각해 보면 그것이 아닌 것 같은 생각도 들고 그러다가 다시 생각해 보면 그런 것 같기도 하였다. 이제는 생각이 점차 혼란스러운 경지에 와 버린 것이다. 이렇게 생각이 혼란스럽자 아무것도 아닌 것도 혼동스러워졌다. 일상생활에서 판단의 여지가 없는 것조차 헷갈리는 것이다.

분명히 갑돌이의 집으로 가려고 나서서 가다 보면 엉뚱하게도 주막으로 가고 있는 자신을 발견하는 경우가 왕왕 있는 것이다. 그뿐만이 아니었다. 글씨를 쓰려고 먹물을 찍다가 방바닥을 붓으로 찍어서 먹 자국을 닦아 낸 적도 있을 정도였다. 생각이 한번 잘못 들어서자 무엇이 잘못 돌아가는 것 같았다.

분명한 것을 두고 이렇게 헤매는 것일까? 아니면 분명하지 않아서 이렇게 헤매는 것일까? 너무나 분명한 문제이나 자신의 지식이 부족하여 불분명하게 생각하고 있는 것 같았다.

'땅과 하늘'

이러한 주제를 놓고 고민을 한 사람이 이전에 많이 있을 것만 같았다. 그 사람들의 지혜를 빌린다면 많은 도움이 될 수 있을 것 같았다. 그 지혜를 어디에서 찾을 것인가? 지금의 자신으로서는 그 지혜를 찾을 수 있는 방법이 책밖에 없는 것 같았다. 허나 어디에서 찾는단 말인가?

이 동네나 인근에서는 그러한 학문에 관하여 연구하는 사람이 있다는 말을 들어 본 적이 없다. 천자문에 나온 몇 자와 주역에 나온 것 이외에는 알고 있는 것이 없는 것이다.

그렇다고 길이 없는 것은 아닐 것이었다. 길은 있으되 어디에 있는지 모르는 것이었다. 그 길을 지금부터 찾아야 하는 것이다. 그 길만 찾는다면 이 세상을 움직이는 그 무엇인가를 알 것만 같았다.

'이 세상을 움직이는 어떤 힘'

그 힘을 알고 나면 무엇을 어쩔 것인가? 그 힘을 안다고 해서 자신에게 바뀔 것은 아무것도 없는 것 같았다. 하지만 안다는 것 하나만으로도 그것은 가치가 있을 것 같았다. 이렇게 마음이 정리되자 한결 마음이 가벼워졌다.

지금 당장 의식주가 해결되지 않는 것도 아니다. 의식주가 해결된다면 그 다음은 무엇인가? 아직 마음이 고파 본 적은 없었다. 지금은 마음이 고픈 것이다. 누군가가 자신이 갈구하는 것을 흡족히 채워 줄 수 없기에 마음이 텅 빈 것 같은 것이다.

남들이 보면 누구보다 현명한 아내와 아들 지함, 존경받던 선친, 그런 대로 생활에 불편이 없을 만큼의 재산, 아주 내세울 정도는 아니라고 해도 그런 대로 갖추고 사는 형편이었다. 그런데 마음이 고파서 이렇게 헤매고 있는 것이다.

길이 없는 것은 아닐 것이다. 그러나 그 길을 쉽게 찾을 수가 없는 것이다. 그러한 길을 쉽게 찾으려 하는 것 자체가 잘못일 수도 있었다. 어찌 그러한 진리의 길을 쉽게 찾으려 한단 말인가! 그것은 용납될 수 없는 일인지도 몰랐다.

 하늘의 길을 쉽게 찾으려 한다는 것은 인간으로서 있을 수 없는 일일 수도 있었다. 하늘과 땅의 일에 관하여 알고 싶어하는 것이지만, 하늘과 땅의 일이 아니라 그것은 모두에 관한 일일 수 있었다. 모두에 관한 일. 이 동네 사람은 물론이고 이 나라, 이 민족, 이 겨레의 일이라…….

 알고 난 이후의 일은 알고 나서 걱정하여도 될 일이었다. 우선은 알지도 못하고 있지 않은가? 이러한 의문은 모든 사람들이 속으로는 거의 가지고 있는 것일 수도 있었다. 하지만 그 사람들은 잊어먹고 사는 경우가 대부분일 것이었다. 헌데 자신은 그것이 안 되는 것이었다. 알아야 할 것 같았다. 알고 나면 다양한 분야에서 많은 도움이 될 것 같았다.

 '일단 해 보자.'

· 102 ·

 진화는 우선 어떻게 하여야 하늘과 땅을 알 수 있을 것인가를 연구하기 시작하였다. 우선 주변에 있는 하늘과 땅에 대한 책을 수집하여 읽었다. 하지만 책을 쓴 사람도 무엇을 알고 썼다고는 할 수 없을 것 같았다. 그러나 책을 쓸 때는 무엇이든 알고 썼을 것 아니겠는가?

아마도 숨은 뜻이 많이 있을 것이다. 진화는 천자문*을 다시 읽고 또 읽었다.

'천자문'

이 책은 무서운 책이었다. 자신은 지금까지 이 책이 무엇을 적어 놓은 것인가에 대하여 아는 바가 없었다. 한학은 하였으나 그저 초입에서 읽고 넘어가는 것으로만 알아서 그렇게 중요하게 생각하지 않고 넘어간 것이었다.

헌데 지금 다시 보니 이 한 권의 책 속에 모든 것이 들어 있는 것이다. 이 정도의 지식이라면 우주를 연구함에 충분할 것 같았다. 단순한 내용 속에 하늘과 땅의 모든 것이 들어 있었다. 이 정도의 내용을 충분히 알고 나면 더 이상의 것이 필요 없을 만큼 많은 것들이 들어 있었다.

인간이 살고 있는 환경에 관한 내용이 대부분을 차지하고 있었으나 그것을 잘 유추하면 더 이상의 것을 뽑아낼 수 있을 것 같았다. 무엇을 뽑아낼 것인가는 우선 이것을 공부하고 난 후 생각키로 하였다. 많은 것들을 이해하기 위해서는 우선 단순한 것을 깊이 있게 알아야 할 필요가 있었다.

---

* 천자문(千字文) : 중국 양(梁)나라 주흥사(周興嗣)가 지은 책. 사언고시(四言古詩) 250구로 모두 1000자임.

진화는 밤을 새우며 천자문을 수천 번도 더 읽었다. 아마도 만 번은 읽은 것 같았다. 이제는 무엇인가 이 책에 들어있는 내용을 알 것 같았다. 천 자가 갑자기 한 자가 되었다가 다시 천 자가 되었다가 이번에는 수만 자가 되는 것이었다.

　눈앞에서 책이 보이지 않았다. 이미 외우고 있는 것이었으나 더 깊은 내용을 알아보기 위하여 계속 읽어 넘어가고 있었다. 밤낮으로 천자문을 읽어 나가는 세월이 벌써 두 달째 계속되고 있었다.

　눈앞이 침침해져 왔다. 진화는 불을 끄고 앉아서 눈을 감고 계속 내용을 외웠다. 무엇이 눈앞에 있는 듯 하였다. 그러나 눈을 뜨고 보면 아무것도 없었다. 진화의 생각이 천자문에 아주 깊이 집중되고 있었다.

　이제는 천자문을 쓴 사람이 보았던 그 무엇을 볼 수 있을 것 같은 생각이 들었다. 하지만 겨우 몇 달 만에 어찌 저자의 생각을 알 수 있단 말인가? 그 사람의 생각은 깊고도 깊었을 것이다. 이렇게 한 문 몇 자로 표현할 수 있는 정도가 아닐 것이다. 그분이 만드신 책 중에는 다른 내용들도 많이 있을 것이다.

　그러함에도 우둔한 중생들에게 진리를 가르치시고자 내용을 줄여서 이 책을 다시 만드신 것은 아닐까? 진화는 천자문을 외우는 틈틈이 이 책의 어원에 대하여도 생각을 하여 보았다. 겨우 천 자 임에도 내포하고 있는 것은 우주 전체에 대한 것이 아닌가 생각될 정도로 깊은 것이었다. 아마도 천자문을 수만 번 읽고 나면 그 진리에 도달할 수 있지 않을까? 진화는 계속 천자문을 읽었다.

해보다 밝은 달

· 103 ·

어느 날인가 저녁을 먹은 후 다시 천자문을 암송하고 있자 감고 있는 눈앞이 해가 밝아오듯이 서서히 훤해지고 있었다. 진화는 눈을 감고 계속 천자문을 외웠다. 이러한 일은 전에도 있었기 때문에 신경을 쓰지 않고 계속 암송을 해 나갔다. 하지만 눈앞이 밝아 오는 정도가 전과는 달랐다.

이번에는 상당한 밝기로 밝아져 오고 있는 것이었다. 무엇인가 실체가 드러나려 하는가? 천자문으로 우주의 이론을 밝혀 볼 수 있을 것인가? 내가 살고 있는 이 땅과 하늘의 관계를 명확히 해 볼 수 있을 것인가?

어쨌든 진화는 자신보다는 타인을 위하여 노력하겠다는 생각이 확고해진 이상 행동화에 들어감에 주저함이 없었다. 이제는 누구를 위하여 중요한 것이 아니다. 이 땅과 하늘에 대하여 밝혀 보는 것이 중요한 것이고 나는 이것을 반드시 해낼 것이라고 다짐하면서 진화는 다시 천자문을 암송하였다.

하지만 눈앞이 너무 밝아오자 눈을 뜨지 않을 수가 없었다. 눈을 뜨려 하자 전에 나타났던 것과 같이 눈을 감고 있는 것 때문에 발광이 되는 것이 아니었다. 눈을 뜨려 하는데도 계속 빛이 비추고 있는 것이다.

'내가 책을 읽다가 잠이 들었나? 잠이 든 사이 날이 밝은 것일까?'

하지만 아무리 생각해도 그만큼의 시간이 흐른 것은 아닌 것 같았다. 저녁을 먹은 지 얼마 되었다고 벌써 날이 밝는단 말인가?

'아무리 내 감각이 둔해졌다고 해도 그 정도는 아닐 것이었다. 아마도 너무 잠을 자지 못하고 있다 보니 어쩌면 헛것이 보이는 것은 아닌가?'

진화는 이런저런 생각을 하다가 다시 앞을 보았다. 헌데 아무래도 그러한 것이 아닌 것 같았다. 앞에 보이는 밝은 것이 무엇인지는 모르지만 있는 것만은 확실한 것 같았다.

이것이 무엇일까? 태양을 제외한 어떠한 것도 아직 이렇게 밝은 것을 본 적이 없다. 무슨 조화인가? 생각을 좀 하였다고 이렇게 밝은 것이 보일 수 있단 말인가? 엊그제도 보이기는 하였으나 이렇게 밝지는 않았었다. 더구나 전에는 눈을 뜨면 아무것도 없었으나 지금은 눈을 떠도 눈앞에 보이고 있지 않은가?

이상한 일이었다. 야밤에 무엇이 이렇게 빛을 내고 있단 말인가? 전에도 한 번 헛것 아닌 헛것을 보아서 남에게 이야기도 못하고 있질 않은가? 다녀온 것은 분명한데 그것이 무엇이고 어떠한 일을 하는 곳인가에 대한 해답도 찾지 못하고 있는 것이었다.

무엇이란 말인가? 눈을 뜨고 보자 창 밖에 무엇인가가 있는 것 같았다. 한쪽 창은 밝고 한쪽 창은 어두워서 밤인 것은 분명하였다. 등불도 아닌 것이 이렇게 밝다니?

'무엇인가 나에게 전할 일이 있어서 이러한 일이 생기는 것일 것이다. 그렇다면 다른 사람이 나타나면 사라지는 것은 아닐까?'

진화는 창을 열기 전 하인을 불러서 함께 내다볼 것인가 생각하기도 하였으나 가만히 생각해 보니 그럴 일은 아닌 것 같았다. 혼자서 내다보려니 약간 두려움이 들기도 하였으나 그 두려움은 자신의 내부에서 솟아 나오고 있는 것이었다. 외부에서는 어떠한 위협도 없는 것 같았다. 그렇다면 혼자서 내다보는 것이 좋을 것 같았다.

진화는 가만히 창문을 열었다. 창밖에는 달이 떠 있었다. 그런데 평소에 보던 달이 아니었다. 크기도 크거니와 그 밝기에 있어 해를 능가하는 밝기였다. 이런 일이 있을 수 있는 것인가?

창문을 완전히 열고 내다보자 빛이 약간 바래는 것 같으면서도 크기는 더욱 커져갔다. 가만히 보니까 빛이 바래는 것이 아니라 밝은 미색에서 황금색으로 변해 가고 있는 것 같았다. 자신이 내다보아서가 아니라 그 자체가 변하고 있는 것으로 보였다. 대단한 크기였다. 뒷산을 가리고도 남을 만큼 큰 빛의 덩어리였다. 이러한 일이 있을 수 있는 것인가?

'빛!'

저 대단한 빛이 어디에 숨어 있었단 말인가? 태양보다 더 크면 컸지 결코 작지 않은 강렬한 빛의 덩어리가 산 위에 떠 있는 모습은 상상하기 어려운 장관이었다. 점차 아래로 내려가면서 붉은색으로 변해 가고 있었다. 이러한 광경을 나 혼자만 볼 수 있는 것은 아닐까? 뒤를 돌아다보자 아무도 보이지 않았다.

이 밤중에 이렇게 굉장한 빛이 떠 있었다면 다른 사람들이 못 볼 리가 없다. 내일이면 동네에서 어젯밤 본 것을 가지고 난리가 날 것이다. 아마도 별로 좋지 않은 것으로 생각할지도 모른다. 붉은빛은 경우에 따라서는 좋은 것으로 생각하나 대부분 흉조로 생각하는 경우가 많았다.

'그나저나 저렇게 큰 빛의 덩어리가 어디에 숨어 있었단 말인가?'

점차 해가 지듯이 빛 덩어리가 산 위로 내려가고 있었다. 그런데 주변은 밝았으나 다른 곳까지 빛이 비치고 있는 것은 아니었다. 빛이 있는 곳 주변만 밝을 뿐이지 다른 곳은 어두운 채 그대로 있는 것이었다. 그것도 신기한 일이었다.

해가 떴을 때는 주변이 모두 밝았다. 하지만 이 빛은 선택하여 빛을 보내고 있었다. 자신과 빛 덩어리까지의 중간 지역만 밝고 다른 곳은 전부 어두운 상태를 그대로 유지하고 있는 것이었다. 이것을 어떻게 설명할 것인가?

부분적인 조명이라니? 그것도 공중에 떠 있는 상태하에서 일부만 비추다니?* 빛이 점점 내려가서 절반 정도만 보이고 있었다.

진화는 그 빛을 향하여 신발도 신지 않고 달렸다. 아마도 오늘 보지 못하면 다시 못 볼지도 모르는 빛인 것 같았다. 의외로 빛은 그리 멀리 있지 않아 보였다. 조금만 더 가면 잡을 수 있을 것 같았다. 이 빛을 잡아서 어떻게 할 수야 없겠지만 그래도 좀 더 가까이 가서

---

* 진화는 당시의 기술 수준에 대한 이해밖에 없었으므로 현재의 헤드라이트처럼 한 방향으로만 빛을 보낼 수 있는 장비가 있음을 알지 못하였다.

보고 싶었다.

빛이 삼분의 일 정도 산 위로 걸려 있었다. 산 위에 걸려 있는 빛은 한결 더 붉은빛이 나고 있었다. 다가가면서 보니 이글이글 타고 있는 것 같은 느낌이 들었다. 그 빛은 무엇인가 진화에게 이야기할 것이 있는 것 같은 느낌을 주는 것이었다. 이상한 일이었다.

어떠한 물체에 자신의 의사가 있는 것 같은 느낌은 받은 일이 없었다. 헌데 지금 그러한 느낌을 받은 것이다. 누구의 사자(使者)인가? 다른 의사결정체를 대신하여 무슨 뜻을 전하려는 것일까?

진화는 한참을 달려갔으나 그 빛을 따라잡지 못한 채 멈추어 섰다. 주변을 돌아다보니 전에 친구를 만나러 가던 중 건넜던 그 개울 옆이었다. 저 멀리 빛이 지고 있었다.

'더 갈 것인가? 그대로 보낼 것인가?'

어찌하면 저 빛이 나에게 하고 싶은 말을 알아들을 수 있을 것인가? 귀가 있어도 쓸 곳이 없음이 답답하였다. 어떠한 귀를 가진다면 저 빛이 하는 말을 알아들을 수 있을 것인가?

보통의 귀로는 들을 수 없는 말을 저 빛은 하고 있었다. 저 빛으로부터 알아들을 수 있는 귀를 가진다면 어떠한 것으로부터의 말도 알아들을 수 있을 것 같은 생각이 들었다.

인간의 능력은 유한한 것이었다. 이렇게 유한한 능력으로 무엇을 할 수 있을 것인가? 저 빛은 아마도 신의 영역에 있는 것 같았다.

신의 영역은 인간으로서는 영원히 넘볼 수 없는 것인가?

· 104 ·

신은 누구인가? 신의 영역은 어디에 존재하는 것인가? 지금 내가 본 저 빛이 신의 영역에서 온 것이라면 인간에게 보이는 것만 가능한 것일까?

아닐 것 같았다. 그렇다면 보이지도 말아야 하였다. 어차피 인간에게 한정된 것만 보여 줄 바에야 모든 것을 감추어 놓을 것이지 일부만 보여서 감질나도록 하는 것이 신의 일이란 말인가? 이 세상에 신의 영역이 아닌 것은 무엇이 있을 것인가?

전부가 아니라고 부정할 수 있는가? 모든 것은 신의 영역에서 온 것일 것이다. 그렇다면 인간 역시 신의 영역에서 온 것일진대 왜 인간은 신의 영역의 대화를 알아들을 수 없는 것일까? 신의 영역을 넘어가기 위해서는 어떠한 수단이 필요한 것일까?

'신의 영역'

그것은 인간의 힘으로는 넘볼 수 없는 신성한 것인가? 진화의 머릿속에는 순간적으로 수많은 생각이 지나갔다. 이렇게 빨리 이렇게 많은 생각이 지나가는 것도 별로 없는 일이었다. 자신이 스스로 생각해도 갑자기 머리가 눈에 보이지 않을 만큼 소리를 내며 빨리 돌아가는 것 같았다.

　이러한 속도로 생각을 계속 할 수만 있다면 신의 영역에서 보내는 소리를 들을 수 있을지도 모른다. 신의 영역에서 보내는 소리는 어떠한 소리일까? 아마도 인간계에서는 들을 수 없는 소리일지도 모른다. 더없이 황홀한 소리일까? 아니면 우리가 보통 듣는 소리일까?

　진화는 인간이 이렇게 짧은 시간 내에 이렇게 많은 생각을 할 수 있음에 대하여 놀라고 있었다. 그것도 자신이 그렇게 될 수 있음은 진정 놀라움 그 자체였다.

　'이것은 나의 힘인가? 아니면 다른 어떠한 힘에 의한 것일까?'

　진화는 자신이 빛을 따라오는 사이 어떠한 힘이 자신을 끌어오는 것을 느꼈다. 그 힘이 무엇인지는 모르지만 어쨌든 자신을 끌어당기는 힘이 있었다. 그 힘이 자신을 이 개울가에까지 끌어온 것이었다. 다른 때 같으면 이렇게 빨리 달려왔다면 숨이 가빴을 것이었다. 헌데 지금은 숨도 가쁘지 않게 이 길을 온 것이다.

　'이것을 어떻게 설명할 것인가? 다른 사람에게는 일어나지 않는 이러한 일들이 나에게 일어나는 것을 어떻게 설명할 것인가?'

　한동안 아무런 생각도 없이 빛을 바라보고 있었다. 아마도 서서히 넘어가는 것 같았다. 이곳에 도착한지 얼마나 되었을까? 문득 주변이 어두워지고 있는 것을 발견하였다. 빛이 점점 어두워지다가 희미해지더니 그대로 어둠 속으로 사라져가고 있었다.

진화가 한참을 멍하게 바라보고 있던 사이 빛이 사라지고 다시 어둠이 깔려 있는 것이었다. 모든 것이 정상으로 돌아와 있었다. 진화는 가만히 개울가에서 흐르는 물을 바라보았다. 평소와 다름없이 흐르고 있었다.

'지금 내가 본 것이 맞는 것일까? 이곳에 와 있는 것으로 보아서는 무엇인가를 보고 와 있는 것이 아니겠는가? 그 빛을 보고 이곳에 와 있는 것이다. 그렇다면 그 빛은 나에게 무엇일까?'

무언가 자신을 끌어당기는 것 같은 힘을 느꼈다. 그 힘은 어떠한 원리로 작용하는 것인지는 모르지만 어쨌든 지남철처럼 자신을 당겼던 것이다. 그 힘에 의해 이렇게 끌려오지 않았던가?

이상한 일이었다. 사람을 그렇게 끌어당기는 힘이 있다는 말을 들어본 적이 없다. 물체도 자석이 쇠붙이를 끌어당기는 것을 본 적은 있었지만 사람을 이렇게 끌어당기는 것을 본 것은 처음이었던 것이다. 그리고 또 한 가지 이상한 것은 무엇인가? 그 빛이 자신에게 전하고자 하는 것이 있었던 것 같은 느낌을 강하게 받은 것이다.

'그 빛은 무엇일까? 그 빛이 나를 이곳으로 끌어당긴 것일까?'

그리고 이곳은 전에 한 번 이상한 경험을 하였던 바로 그곳이 아닌가? 이곳에서 다시는 그런 경험을 한 적은 없지만 어쨌든 그때는 그랬었다. 그때의 경험은 잊을 수가 없을 정도로 강력하게 자신을 이끌었던 것이다. 아니 잊기는커녕 점차 새롭게 자신의 기억 속에 살아나는 것이었다.

그때의 그 일과 지금의 일은 무슨 관련이 있는 것은 아닐까? 하지만 지금 이곳에서 생각을 마냥 하고 있을 수는 없었다. 이렇게 생각만 하고 있다가는 날이 샐 것이고, 날이 샌다면 잠옷으로 이곳에 서 있는 자신을 동네 사람들이 어떻게 볼 것인가?

· 105 ·

'집으로 가자.'

진화는 서서히 집으로 걸음을 옮겼다. 집으로 가면서도 진화는 그 빛이 자신에게 하고자 했던 말이 무엇인지 생각을 거듭하였다. 하지만 알 듯 말 듯 하면서도 알 수가 없었다.

'무슨 말을 하려던 것이었을까?'

어떠한 뜻을 전달하려 하는 것인지 도무지 알 수가 없었다. 무슨 말인가 하고 싶은 것 같다는 인상을 강렬히 받았으나 그 내용이 파

악되지 않는 것이었다.

'이번 문제 역시 쉽게 풀리기는 어려울 것이다. 이번에도 또 하나의 어려운 숙제를 가지고 가는구나.'

그렇다고 이상하게 생각되는 것은 아니었다. 모든 일이 정상적인 일이 아니었음에도 모든 것이 정상적인 것으로 생각되는 것이었다.

'그것이 더욱 이상한 것이 아니겠는가? 이러한 일이 거듭 일어났음에도 이상하게 느껴지지 않다니?'

집으로 돌아오자 아직 어둠 속이었다. 아무도 본 사람이 없는 것 같았다.

'다행이다.'

진화는 방으로 들어가서 잠자리에 들었다. 꿈결에 또 다시 방이 밝아져 왔다.

'하룻밤 사이에 무슨 일이 두 번씩이나 생기는 것인가? 도대체 알 수가 없구나.'

진화는 일어나 창 밖을 보았다. 그러나 아무것도 없었다. 밤하늘에는 별들만 총총 떠 있는 것이었다. 착각이었을까?

진화는 이불을 덮고 누웠다. 그런데 눈을 감자 방이 밝아져 오는 것 아닌가? 눈을 뜨자 다시 어둠 속이었다. 진화는 눈을 감았다. 그러자 또 다시 밝아 오는 것이었다.

'이 무슨 조화인가?'

진화는 실눈을 뜬 채 가만히 이 느낌을 살펴보았다. 방 안은 여전히 어두웠다. 그렇다면 이 빛이 어디서 오는 것인가? 밝은 곳이라고는 아무 곳에도 없지 않은가?

'무엇이 이렇게 눈을 밝게 보이도록 하는 것인가?'

진화는 가만히 이 빛이 어디서 오는 것인가 살펴보았다.

'아마도 나의 가까운 곳에 눈을 감으면 비치고 눈을 뜨면 보이지 않는 도깨비불 같은 것이 있는 것은 아닐까? 그렇다면 누가 이런 일을 하는 것일까? 조물주일까? 아니면 악마일까?'

헌데 느낌으로 보아 악마 같지는 않았다. 진화는 가만히 누워서 이런저런 생각을 하다가 잠이 들었다.

그날은 잠이 늦게 들었으나 그렇다고 아침에 늦게 일어난 것도 아니었다. 평소와 다름없이 일어나서 마당을 돌아보고 세수를 한 후 들어왔으나 이러한 일이 있을 때마다 그랬듯이 피로감이 없었다. 오히려 더 정신이 맑고 기분이 상쾌하였다.

진화는 전에 보던 점성술 책을 펴들었다. 하늘에 있는 별들의 그림이 나와 있었다. 전에 볼 때는 무심하게 보던 내용이 오늘은 왠지 속속들이 들여다보이는 것이었다. 마치 그림이 아니고 실제를 보는 것 같은 느낌이었다.

'그림이 이렇게 보일 수 있는 것인가?'

책장을 넘기지 않아도 뒤에 있는 별자리가 보이는 듯 하였다. 진화는 밥을 먹는 것도 잊고 책을 들여다보고 있었다.

'이러한 것을 천서(天書)라고 하는 것일까? 마치 인간이 만든 책으로는 보이지 않는구나.'

책을 덮으면 다른 책과 같음에도 열고 보면 다른 책과는 달리 하늘이 들여다보였다.

'하늘'

언제부터인가 다시 생각하도록 만든 단어였다. 인간이 벗어날 수 없도록 하는 무슨 힘을 지니고 있는 것 같은 하늘, 그 하늘이 이 책 속에서 보이는 것이었다.

하늘이 보인다는 것은 이제 하늘을 공부하여도 된다는 뜻일까? 하늘을 공부하여서 무엇을 할 것인가마는 하늘을 공부할 필요는 있을 것 같았다. 그것이 어떠한 결과를 초래하든 하늘은 알아야 할 것 같은 생각이 드는 것이었다.

하늘은……

· 106 ·

'하늘…….'

하늘은 언제나 넓고 멀었다. 그 넓고 먼 하늘이 왠지 가까이 느껴지는 것이었다. 그런데 이런 경험이 처음이 아닌 것 같은 생각이 드는 것이었다. 언젠가 이러한 경험을 가져 본 적이 또 있는 것 같았다.

'언제이던가?'

 기억이 나는 것은 없었다. 하지만 틀림없이 그러한 경험이 있었던 것 같았다. 아무래도 금생의 기억인 것 같지는 않았다. 너무도 기억이 멀리 있는 까닭이었다.

'이제부터 내가 할 일은 하늘에 관하여 알아내는 것일까?'

 그렇다. 언제인지는 모르지만 진화는 자신의 일이 하늘과 땅에 대하여 알아내는 것 같다는 생각이 들고 나서 꾸준히 생각을 해 오던 터였다. 그것이 누적되다 보니 자신의 내부에 무엇인가 형성된 것이 아니겠는가?
 그 같은 생각 덕분에 나름대로 자신의 내부에 어떤 씨앗이 뿌려진 것 같았다. 씨앗이 뿌려진 것이라면 이 씨앗을 키우고 열매를 맺어 결실을 보는 것 역시 자신이 풀어야 할 과제가 아니겠는가?
 어떠한 방법으로 할 것인가? 약간 구체적인 생각이 들기는 하였으나 막상 그 이상 생각이 진전됨에는 한계가 있었다.

 진화는 요즈음 하나의 버릇이 생겼음을 알고 있었다. 혼자 있을 때면 전에 친구네 집에 가다가 개울에서 일어났었던 일과 일전에 밤중에 따라갔었던 빛을 생각하는 버릇이었다. 그 버릇이 이제는 몸에 배어 있었으며 그 생각을 할 때마다 몸의 피로가 풀리는 것을 느끼고 있었던 것이다.

'생각으로 피로를 푸는 방법? 이러한 방법이 가능한 것인가? 혹시 내가 착각을 하는 것은 아닐까?'

그러나 피로할 때 생각을 하면 피로가 풀렸으며, 대충 생각만 해도 어느 정도는 좋아진 것을 느낄 수 있었다.

이러한 것을 무엇이라고 불러야 할 것인가? 생각으로 피로를 푸는 방법이라! 진화는 생각의 효과를 알지 못하고 있었다. 아주 좋은 것에 대하여 생각을 집중한다는 것은 그곳의 상태를 자신의 내부로 이끌어 오는 방법임을 모르고 있는 진화로서는 이러한 방법으로 피로가 풀리는 것에 대하여 들은 바가 없었다.

그곳을 보고 온 자신이 아닌 누구에게 이러한 방법을 설명해 준들 누가 그것을 알 수 있겠는가? 아무도 짐작할 수 없는 그 무엇이 있는 것 같았다.

'그것이 무엇일까?'

누구에게 알려 준들 알 수 없는 것이라면 혼자서 할 수밖에 더 있을 것인가? 진화는 그 생각만으로 피로가 회복되어 나름대로 생활에 많은 도움을 얻고 있었다. 평소보다 잠을 덜 자도 피곤하지 않았으며, 따라서 잠이 꽤 줄어들어 있었다. 또한 낮에도 정신집중이 더욱 잘되는 것 같았다.

집중이 잘 안될 때는 그 생각을 하면 마음이 평온해지고 다른 일의 해결방법이 잘 풀리는 것이었다. 진화는 이러한 상태가 오래 유지될 수 있는 방법은 없을까 생각을 해 보았다. 그러나 생각을 하지 않아도 되는 방법을 찾는다는 것은 쉽지 않았다.

생각을 하지 않으면 서너 시각 후 평소의 상태로 돌아가고 마는 것이었다. 그렇다면 어떠한 방법으로 그 상태를 오래 실현할 수 있을 것인가? 지속적으로 생각을 하는 것은 어떻게 가능할 것인가? 지금은 전의 그 기억들이 아마도 자신의 깊은 곳에 남아 있어서 생각을 할 때마다 이끌어져 나오고 있는 것 같았다. 그 생각을 언제나 할 수 있도록 한다면 다른 일을 할 수 없는 것은 아닐까? 그 생각을 하면서도 다른 일을 할 수 있는 것일까?

'방법을 연구해 보자.'

진화는 더 깊은 생각에 잠겼다. 이제는 그 생각을 평소에 하면서도 자신의 일에 소홀하지 않는 방법을 찾아야 한다. 그것이 가능할지는 모르지만 방법이 있을 것 같았다.

'방법이라? 어떠한 방법일 것인가? 누구에게 물어볼 수도 없는 이 방법을 어떻게 알아낸단 말인가? 어떻게 생각을 하면 답을 찾아낼 수 있을 것인가?'

· 107 ·

'답'

 이렇게 어려운 문제는 태어나서 처음 겪어 보는 것이었다. 어디에도 없는 답을 찾아내는 것이었다. 누구에게 문의해 볼 수도 없는 문제였다. 누구에게서 답을 찾아낼 수 있을 것인가? 어쩌면 내가 알고 있는 아무도 이 문제에 대한 답을 알 수가 없을 것이라고 생각되었다.
 책에서 찾아본다는 것 역시 어려울 것으로 생각이 되었다. 누구에게 물어본다면 아마도 이상한 사람 취급을 받을 것이었다.

 '그렇다. 그곳의 생각 속에서 답을 찾아내는 수밖에 없다.'

 생각에 생각을 거듭하던 진화는 어차피 그 생각 속에서 답을 찾아내는 수밖에 없다는 결론에 도달하였다. 그곳의 정경을 떠올리면 어느 정도까지이기는 하지만 체력이 증강되는 것을 알 수 있었다. 누워서 잠을 자지 않아도 될 것 같을 만큼 낮의 피로가 회복되는 것을 알 수 있었다.
 이날 이후 진화는 혼자 있는 시간이면 그곳의 풍경들을 마음속에 떠올렸다. 시간이 정지되어 있었던 그곳의 물결들, 그 낭자, 산 위에서 내려다보았던 그 먼 곳의 집들.

이러한 것들을 생각하던 진화는 문득 지나가던 길 옆에 있던 바위에 무엇인가 글귀가 새겨져 있었던 것을 생각해 낼 수 있었다. 그 글이 무엇이었는지 잘 생각이 나지는 않지만 깊이 생각한다면 어쩌면 가능할 것도 같았다.

진화는 그 외에도 다른 곳에 무슨 글이 쓰여져 있었음을 생각해 내었다. 그것들을 하나하나 생각해 낼 수만 있다면 어쩌면 지금 생각하고 있는 문제의 해결이 가능할지도 모른다. 집중하여 생각을 해 보자.

안 되면 할 수 없으나 하는 데까지는 해 보기로 작정을 하였다. 될 수 있을 것인지 알 수는 없다. 하지만 해 볼 수 있는 데까지 해 보기는 해야 할 것 아닌가? 아무것도 해 보지 않고 물러설 수는 없는 노릇이었다. 하지만 어떻게 생각을 해내야 할 것인지가 문제였다. 아무렇게나 해서 될 일은 아닐 것이다.

이승의 기억이라면 살려 낼 수 있는 방법이 있다고 장담할 수 없다. 하지만 이것은 특수한 경우이니 당시의 기억을 살려 낼 방법이 있을지도 모른다. 진화는 기억을 살려 낼 수 있는 방법을 누군가는 알고 있을 것이라고 생각하였다. 하지만 누가 알고 있는지를 알 수 없는 까닭에 혼자서 연구를 하여야 하였다.

'어떻게 해야 할 것인가? 기억을 살려 낼 방법이라!'

진화는 일전에 그 사건이 일어났었던 장소가 자신이 갔었던 그 개울가임을 생각해 내었다. 그 개울가에 가면 무슨 단서가 나올 것 같았다.

    단서라……. 간다면 무엇이든 알아낼 수 있을 것인가? 자신은 없다. 하지만 그렇게 해서라도 알아내어야 할 것이 아니겠는가?

    진화는 어느 날 그곳을 지나갈 일이 생겼을 때 혼자서 길을 나섰다. 평소 같으면 다른 사람이 하나나 둘 정도 함께 갈 것이었으나 그날은 혼자서 길을 나서며 미리 오늘은 좀 늦을 것임을 이야기해 두었다.

    '가서 알아보리라.'

    진화는 그곳으로 가면서 가만히 기억을 더듬어 보았다. 전에는 그곳에 갔을 때 물에 비치는 그림자를 보고 난 후 그 일을 겪었던 것을 생각해 내었다. 다시 한 번 그곳에 가 보는 수밖에 없다.

    '가자. 가서 보고 나서 생각해도 늦지 않을 것이다.'

· 108 ·

    개울을 향해 가던 중 산 아래를 지나가던 진화는 평소 보이지 않던 것이 보임을 느꼈다. 땅속으로 무엇인가 아지랑이 같은 것이 흐르고 있는 것이다. 땅속은 평소에는 보이지 않던 부분이었다. 그런데 오늘 땅속이 보이고 있는 것이다. 다른 것은 보이지 않으나 무엇인가 흘러가는 것만 또렷이 보이고 있는 것이다.

'투시가 되는 것인가? 볼 수 없었던 부분이 보이다니? 그리고 저 땅속을 흐르고 있는 것은 무엇인가?'

땅속으로 한참을 내려간 곳에 맑은 물과 같은 것이 흐르고 있었으나 물은 아니었다.

'저것을 무엇이라고 부른단 말인가?'

아무래도 자신이 알고 있는 상식으로는 기운이라고밖에 표현할 방법이 없었다. 그 흐르는 기운의 줄기를 가만히 들여다보자 근방에서는 큰 산인 왕망산 위에서 내려와서 동네의 밭 한가운데를 지나 개울을 건너가고 있었다. 때로는 깊게 때로는 얕게 흐르고 있으며 그 기운의 양이 상당하였다. 엄청나게 굵은 구렁이처럼 보이기도 하였다. 마치 살아 있는 것같이 느껴지기도 하였다.

'저렇게 많이 움직일 수 있는 것이라면 무엇일까?'

아무리 생각해도 저것이 기운이 아니고는 다른 것일 수는 없을 것 같았다. 땅속으로 평소 보이지 않던 기운이 흐르고 있는 것이 보이고 있는 것이다.

 '어인 일인가? 기운이 흐르는 것이 보이다니? 또 무슨 일이 생기려고 하는 것일까?'

 이러한 경우는 처음이었다. 그것이 나의 눈에만 보이는 것일까? 그 기운이 흘러가는 곳을 가만히 보자 저 멀리 단화산 위에서 하늘로 솟아오르고 있었다. 맑은 하늘에 구름이 끼듯 하늘이 서서히 기운으로 덮여 가고 있었다. 옅은 회색의 기운은 점점 서쪽 하늘을 덮다가 동쪽으로 남쪽으로 퍼져 나가고 있었다.
 이상하다. 땅속의 기운이 왜 하늘로 솟아오르며, 또 그것이 바로 올라가지 않고 하늘에서 저렇게 퍼진단 말인가? 아무래도 저 기운들이 범상한 기운이 아닌 것 같았다. 하늘에서 퍼져 나가던 기운들이 위로 솟아오르며 하나의 형체를 만들어 나가는 것 같았다.

 '무엇인가?'

 기운들이 뭉치면서 우레와 같은 소리를 내고 있었다. 용들이 싸우는 것처럼 보였다. 기운이 점점 검정색으로 뭉치면서 서로 뒤엉키며 소리를 내고 있었다. 아니 부분적으로는 검정색으로 보였으나 다른 색도 들어가 있는 것이었다.

'색이 들어가 있다니?'

기운에 색이 들어가 있으면 역할이 다른 것일까? 자세히 보자 검정색이 아니고 여러 가지 색깔이 어울려서 검정색으로 보이고 있는 것이었다. 중간에는 빨간색, 푸른색, 노란색, 녹색도 가끔 보였다. 색깔이 뒤엉키며 돌아가고 있어서 그렇게 보이고 있는 것이었다.

'이 무슨 조화인가? 또 무슨 일이 일어나려고 저러한 것이 보인단 말인가? 내가 무슨 잘못이라도 한 것이 있는 것인가?'

진화는 그 자리에 서서 가만히 기운이 엉키는 것을 보고 있었다. 주변에 아무도 보이지 않았다. 이러한 일이 있을 때 옆에 아무도 없다는 것은 한편 다행이었다. 이러한 일을 다른 사람이 본다면 분명히 이상한 소문이 날 것이었다. 하지만 자신에게만 이러한 일이 일어나는 것에 대하여는 무엇이라고 설명을 할 것인가?

'내가 무슨 기(氣)적인 것을 알아볼 수 있는 눈이 열리는 것일까? 나에게 무슨 일이 일어나려고 이러한 일이 생기는 것일까? 하늘이 무슨 시키실 일이라도 있는 것일까?'

기운이 뒤엉키는 모습을 보면서도 진화는 두렵거나 도망치고 싶은 마음이 없었다. 그저 평온하게 바라보고 있는 것이다. 자신이 많이 담대해졌음을 느끼고 있었다. 이것은 나이 탓만은 아니리라. 그동안의 세상경험이 나를 이렇게 만든 것이 아니겠는가? 허나 지금 보고 있는 것은 세상경험으로도 알 수 있는 것이 아니었다.

　누군가 다른 사람들이 이러저러한 이야기들을 할 때 싱거운 사람들이라고 생각하였었는데, 자신에게 이러한 일이 일어나자 이제는 다른 사람의 이야기를 아니라고 부정할 수 없게 되어 버린 자신을 발견하는 것이었다. 아직까지는 주관이 뚜렷하기로 소문이 나 있었지만 나의 주관을 어떻게 믿을 것이며, 무엇으로 이것을 설명하려 한들 믿을 사람은 또 어디에 있겠는가?

· 109 ·

　앞에 멀리 보이던 기운이 점차 어떠한 형태를 갖추어 가고 있었다. 위로 길게 솟구치기도 하고, 아래로 산중턱까지 내려오기도 하면서 다양한 움직임을 보이고 있었다. 아마도 어떠한 형상을 만들어 가는 것 같았다. 만들어져 가는 모습이 용의 형상을 띠어 가는 것 같았다.

　'용이라니?'

　기운이므로 어떠한 모양이든 만드는 것이 가능할 것 같았다. 하지만 용을 만들어서 무엇을 할 것인가? 하긴 그것은 자신이 알 바가 아니었다.

기운이 공중에서 형상을 만들어 가는 믿을 수 없는 광경을 보면서 이러한 것들이 사실인지 눈을 비비고 보기도 하였다. 하지만 사실인 것만은 분명하였다. 무엇을 하든 나와는 무관한 것 아니겠는가?

진화는 앞에서 일어나는 일들이 애써 자신과 무관한 것으로 생각하려 하였다. 하지만 무관할 수 없는 일들이었다. 이러한 현상을 진화에게 보여 주고 있음은 진화가 이미 기운들과 한 식구가 되어 있음을 말해 주는 것이었다.

자신이 지금 알고 싶은 것은 이러한 일들이 아니라 전에 다녀왔던 곳에 쓰여 있었던 글을 알아봄으로써 지금 자신의 주변에서 일어나고 있는 일들을 확인해 보고자 하는 것이었다. 헌데 그 개울가로 가는 도중에 상황이 이상하게 변해 버린 것이었다.

하늘의 기운들이 점점 형상을 만들어 가고 있었다. 역시 용의 모습이었다. 용의 모습이 되어 가면서 점차 투명해지고 있었다. 수정으로 만들어진 용처럼 투명한 모습으로 변해 가고 있었다. 하지만 물처럼 계속 움직이며 변화해 나가는 중이었다.

마치 '용트림'이라는 말이 생각났다. 저렇게 움직이고 있는 것을 그렇게 말하는 것은 아닐까? 진화는 이 세상에서 처음으로 보는 장면을 자세히 보기로 하였다. 헌데 이곳에서 보다가 다른 사람들이 보면 자신을 어떻게 생각할 것인가 하는 것에 생각이 미치자 조금 산 위로 올라가서 보기로 하였다.

산 중턱으로 올라가서 보고 있으면 다른 사람들이 지나가면서 보지 못할 것이 아니겠는가? 진화는 기운의 변화가 일어나는 것을 바라보면서 산 위로 올라갔다. 조금 올라가서 나무 뒤에 있는 바위에 앉아 멀리 단화산 위에서 일어나는 기운의 변화를 지켜보고 있었다.

기운은 점차 용의 모습을 갖추어 가고 있었다. 머리에서는 뿔이 나오고 다리의 모습이 만들어지고 있었다. 참으로 혼자서 보기에는 아까운 장관이었다. 색깔이 입혀지다가는 다시 투명해지고 투명해지다가는 다시 색깔이 입혀지는 광경이 너무도 멋있고 훌륭하였다.

기운의 변화에 따라 일어나는 모습이 이렇게 엄청난 색깔의 변화를 가져올 것이라고는 생각지 못하였던 진화는 이러한 모습에 감탄을 금치 못하였다. 하늘에서 일어나는 색깔의 변화가 너무도 아름다웠다.

· 110 ·

한동안 바라보고 있는 사이, 용은 그 모습을 갖추고 나서는 순간적으로 하늘을 돌기 시작하였다. 처음에는 천천히 돌던 용은 점차 속도를 빨리 하면서 돌기 시작하였다. 이리저리 돌던 용은 동서남북을 이리저리 돌더니 갑자기 아주 작은 용 수천 마리로 변하여 이 세상의 만물들 사이로 들어가 버리는 것이었다.

마치 모기와도 같은 작은 모습의 용 떼였다. 그 중의 몇 마리는 진화가 앉아 있는 주변의 나무와 풀들, 그리고 땅속으로 다시 들어

가는 것이었다. 이들이 들어간 곳에 있는 나무와 풀은 갑자기 싱싱한 모습으로 변하여 자태를 자랑하고 있었다. 기운이 충만한 모습이었다.

  진화는 이러한 것들을 보면서 심호흡을 하였다. 심호흡을 하자 이 세상의 공기가 달라진 것을 느낄 수 있었다. 마치 공기분자가 몸속으로 들어오는 것처럼 느껴질 정도로 달라져 있었다. 심호흡을 서너 번 하자 머릿속이 시원해지며, 예전에 보았던 그 글귀들이 생각나는 것이었다. 그 글귀를 보는 순간 진화는 이것이 사실인가 하는 생각이 들었다.

  "하늘을 보라. 하늘에 있는 기운이 너로 하여금 큰일을 할 수 있도록 도와줄 것이다. 다만 너의 뜻을 이루는 것은 네가 아닌 지함일 것이니 지함을 잘 키워 속세에 빛이 되도록 하라."

  그렇다면 내가 이러한 경우를 맞이하는 것이 지함을 잘 키우려는 하늘의 뜻 때문인가? 지함이 무슨 인연으로 내게서 태어난 것인가? 그 애가 태어날 때부터 무엇인가 다른 점이 있더니 역시 하늘의 뜻으로 내게서 태어난 것이며, 요즈음의 일 역시 그러한 것을 하나하나 만들어 나가는 과정에서 있는 일일까?

  그런 것 같았다. 한참 떨어진 곳에 있던 다른 바위의 글귀가 생각났다.

"큰일은 하늘의 일이며 인간의 일이 아니니 인간의 일로 풀려 하지 마라. 인간의 일인 것 같아도 하늘의 일인 것이며, 하늘의 일인 것 같아도 인간의 일인 것이니 모든 것은 결국 하나인 것이니라."

'이것은 또 무슨 말인가? 하늘의 일이란 말인가? 인간의 일이란 말인가? 어떻게 생각하여야 할 것인가?'

판단이 어려울 때는 하늘의 일로 생각하여야 할 것 같았다.

'그렇다, 하늘의 일로 생각하자. 하늘의 일이라면 내가 할 일은 별로 없는 것일까?'

그렇지는 않을 것 같았다. 하늘의 일이라고 해도 인간이 하는 것 아닌가?

'그렇다면 나의 일은 하늘의 일을 할 지함을 잘 키워서 하늘의 일을 할 수 있도록 하여야 할 것 아닌가?'

진화의 판단은 옳은 것 같았다. 하늘의 일을 잘 할 수 있도록 하기 위해서는 인간의 일을 충실히 하여야 할 것이며, 인간의 일을 잘 할 수 있도록 하기 위해서는 하늘의 뜻을 잘 알아야 할 것이었다.

나름대로 생각을 정리한 진화는 심호흡을 한 번 하였다. 심호흡을 하자 몸에서 힘이 솟아나는 것을 느낄 수 있었다. 심호흡을 하는 것이 힘이 나게 하다니? 연이어 심호흡을 서너 번 하자 더욱 힘이 솟아나는 것이 아닌가? 심호흡과 기운의 증가가 어떠한 관련이 있는 것 같았다.
　평소 기운이 넘칠 정도는 아니었으나 그렇다고 기운이 모자라는 것은 아니었던 진화는 이렇게 좋은 기운이 있을 때 심호흡을 좀 더 하고 내려가야겠다고 생각하였다.

단전의 불이 산을 이루다?

• 111 •

주변을 살펴보니 작고 평평한 바위가 있어 그 바위에 가부좌를 하고 앉았다. 진화는 기지개를 한 번 한 뒤 본격적으로 심호흡에 들어갔다. 심호흡을 하면 할수록 기운이 들어왔다. 기운이 강해지면서 머리가 맑아져 왔다.

머리가 맑아진다는 느낌이 강하게 들었으며, 이러한 것들이 머릿속을 가볍게 하였고, 한편에서는 주변의 모든 것들이 새롭게 보이기도 하였다.

전에는 생각지 못했던 것들이 자꾸 떠올라 왔다. 생각나는 것들은 자신이 겪었던 일들이 대부분이었다. 생각나는 것들이 점차 소급하여 들어갔다. 며칠 전으로부터 몇 개월 전으로, 다시 몇 년 전으로 소급되었다가 십여 년 전으로 돌아가기도 하였다.

친구에게 놀러가다가 만났던 그 이상한 세계도 다시 보였으며 그 처녀도 거기에 있었다. 모든 것이 예전 그대로였다. 예전에 서당에서 글을 배울 때의 광경이 아주 생생히 떠오르기도 하였으며, 스승으로부터 혼나던 기억까지도 바로 앞에서 일어나는 것처럼 보이기도 하였다.

지금 앞에서 일어나고 있는 것은 아닌가 싶은 생각이 들 정도로 너무나 생생하였다. 자신이 그 현장에 들어가 있는 것은 아닌가 싶을 정도였다. 진화는 모든 것을 잊어가고 있었다. 자신이 지금 어디에 있는지조차 모를 정도로 기억의 세계로 들어가고 있었다.

한참을 생각하자 지함이 태어날 때의 일들은 물론 때로는 아주 어렸을 적에 겪었던 기억들이 살아나는 것들도 있었다. 태어나자마자 겪었던 기억들도 있었으며, 어머니가 자신의 기저귀를 갈아 채우시는 장면도 보였다.

그러한 장면을 보면서 왜 더 효도를 하지 못했나 하는 생각이 들기도 하였다. 하지만 지금은 계시지 않는 분들이었다. 어쩔 수 없지만 지금과 같은 상태에서라면 앞으로 만나 뵐 수 있는 분들이란 생각이 들기도 하였다. 앞에 보이고 있는 부분들이 너무나 생생하여 자신도 놀랄 정도였다. 손을 내밀면 잡힐 정도로 가까이 느껴지는 것이었다. 만지려면 만질 수도 있을 것 같았다.

'이렇게 생생할 수가!'

어느 것이 현실이고 어느 것이 앞에 보이고 있는 세계인지 분간이 가지 않을 정도였다. 혼란스런 가운데 점점 앞에 보이고 있는 공간으로 빠져들고 있었다.

'혹시 위험한 것은 아닐까?'

허나 자신의 기억에 관한 일인데 위험할 리가 없을 것 같았다.

'위험하면 얼마나 위험할 것인가. 나에 관한 일이다. 나의 기억 속으로 들어가 보는 것이다. 다른 사람의 기억 속으로 들어가는 것도 아닌데 위험하면 얼마나 위험할 것인가?'

'참으로 이상한 일도 다 있다. 어찌 요즈음은 이러한 일들이 다 일어나는 것일까?'

자신의 앞에 보이고 있는 것들을 보아 나가던 중 때로는 언제 보았는지 모르는 것들도 생각나는 것들이 있었다. 이러한 부분들은 나에 관한 부분이 아닌 것 같았다. 언제부터 이러한 기억들이 나에게 있었던가? 그러나 생각을 더듬어 보자 자신의 일이었으나 타인이 보는 시각이었다. 타인의 시각으로 자신을 보는 것까지 보이고 있는 것이었다.

'이럴 수도 있는 것인가?'

이상한 일이었다. 자신에 관한 모든 것들이 보이고 있었다. 자신도 몰랐던 자신의 모든 것들이 자신의 눈앞에 보이고 있었다. 그렇게 나가다가 더욱 나가면 어디까지 갈 것인가? 기억이 나는 대로 생각을 더듬어 보기로 하였다.

'인간의 힘으로 더듬어 나가는 기억인가? 신의 영역을 더듬어 들어가는 것인가?'

진화는 더 이상의 생각을 하지 않고 이 기억을 놓치지 않으려 애썼다. 모든 기억들이 점차 생생해져 갔다. 과거의 기억치고는 너무나 생생하게 살아나는 것이었다. 자신의 것이 아닌 것처럼, 책을 보는 것처럼 기억이 살아나고 있었다. 기억이 아니라 앞에 보이는 것처럼 또 하나의 현실이 나타나고 있었다.

이러한 신기한 일이 앞으로 얼마를 더 나타날지 알 수 없었다. 한참을 생각하고 있던 중 앞을 보자 해가 뉘엿뉘엿 지고 있었다. 진화는 생각을 거두고 집으로 발길을 돌렸다. 자신이 처음 이곳으로 발길을 돌릴 때는 전에 보았던 곳의 글귀를 읽어 보고자 함이었다.

그런데 그 글귀를 읽은 것이다. 어쨌든 이곳으로 오다가 땅속으로 흐르는 기운줄기를 보았으며, 그 기운이 용이 되고 용이 되어서는 다시 천지사방으로 흩어져 들어가는 것을 보았다. 그리고 그 기운의 힘을 빌어 어느 정도는 기억을 살려 내는데 성공하였다.

헌데 이것이 전부라고 할 수는 없을 것 같았다. 그곳의 글귀를 전부 읽으면 인간 세상의 중요한 일들을 알 수 있을 것 같았다. 한번 해 볼 것인가? 과연 해 볼 만한 가치가 있는 것인가? 해 본다면 어떻게 해 볼 것인가?

지속적인 의문이 떠올랐다. 집으로 돌아오는 도중에 진화는 이러저러한 생각을 해 보았지만 그 모든 생각들이 다시 꼬리에 꼬리를 물고 의문을 가져왔다. 그 의문들을 풀려면 상당한 시간을 더 보내야 할 것 같았다. 그렇다면 어떻게 그 현실처럼 보였던 그 생각 속으로 들어갈 것인가?

· 112 ·

집에 돌아온 진화는 밥을 먹고 자신의 방에 앉아서 아까 보았던 것들에 대하여 차분히 생각에 잠겼다. 기운이 보였고, 그 기운이 용이 되는 모습을 보았다. 그런데 그곳이 단화산 정상이었다?

'단화산(丹火山)'

단화산이 왜 단화산이 되었는지는 알 수 없었다. 하지만 단화산이란 지명이 무엇인가를 알려 줄 수 있을 것 같았다.
단화산이라!
단화산, 단화산……. 틀림없이 무엇인가가 있다. 이 산의 이름이 무엇인가 심상치 않은 내용을 풍기고 있었다. 평소에는 아무렇지도 않게 불러왔던 그 산의 이름이 쿵 하고 머리를 맞은 듯 다가오는 것이었다.
단화산? 산의 이름이 무엇인가 범상치 않은 부분이 있지 않은가? 단전(丹田)이라는 단어의 '단' 과 불을 뜻하는 '화' 가 합친 이름이라? 단전의 불이 산을 이루었다?
단전이란 사람의 몸속에 있다고 하였다. 그것이 어디에 있는지는 잘 모르되 아마도 아랫배의 어느 부분에 있다고 하였다. 진화는 자신의 배를 어루만져 보았다. 손으로 만져서는 아무것도 찾아낼 수가 없었다. 어떻게 찾아내야 할 것인가?
단전이란 것이 있다는 말은 들었다. 언젠가 어렸을 때 한의원이 그러한 말을 하는 것을 들은 적이 있음이 기억났다. 그 의원은 알고 하던 말이었을까? 그 한의원이 지금도 생존해 있는 것은 아닐 것이었다. 다른 한의원들도 전부 알고 있을까? 그렇다고 아무 한의원이

나 붙잡고 물어볼 수는 없는 노릇이 아니겠는가?

'단전'

단전의 의미가 점차 크게 다가왔다. 지금까지 아무렇지 않게 생각해 왔던 것이었다. 단전이란 것이 있어도 그만, 없어도 그만인 삶을 살아온 것이다. 그런데 오늘 갑자기 왜 그 말이 생각나는 것일까?
그것이 지금 내가 겪고 있는 것들과 어떠한 연관이 있는 것일까? 아무래도 연관이 없다고 할 수는 없을 것이었다. 무슨 연관이든지 있을 것이건만 그 연관이 어떠한 것이며, 어떠한 결과로 나타날 것인지 알 수가 없는 것이었다.
단화산에 가면 어떠한 해답의 실마리를 찾아낼 수 있을 것인가? 단화산이 무엇인가 내포하고 있는 것은 분명한 것 같았다. 단화산이 그렇게 오묘한 내용을 가지고 있는 산인 줄 어떻게 알았겠는가? 하지만 무엇인가 있는 것은 분명하였다. 그렇지 않고서야 그런 일이 어찌 있을 수 있겠는가?

'가 보자. 오늘은 늦었으니 내일 단화산을 가 보리라.'

진화는 점차 자신이 생각하고 있었던 그 의문스런 무엇에 대한 해답을 찾을 수 있을 것 같은 생각이 들었다. 아직까지 살아오면서 가졌던 그 문제가 무엇이며 그 문제의 해답이 무엇인가를 찾아낼 수 있을 것 같은 생각이 드는 것이었다.

 자신을 끝없이 궁금하게 만드는 그 문제가 무엇인지 모르니 답을 모르는 것은 당연한 일이었으며, 따라서 어떠한 방법을 찾지 못한 채 매일을 보내는 것이 수십 년이 흘러왔던 것이었다.

 그런데 요즈음 서서히 자신이 가졌던 그 미지의 세계에 쓰여 있었던 글귀를 확인할 수 있다면 그 내용 중에서 문제와 답을 한번에 찾아낼 수 있을 것 같은 생각이 드는 것이었다.

 그 글귀는 무엇이었을까? 그러나 그 글귀를 읽기 위하여는 반드시 단전과 연관이 있는 그 무엇이 있어야 할 것 같았다. 무엇이 필요한 것인가? 그 글귀를 읽기 위하여 알아내야 할 전 단계의 숙제는 무엇일까? 그 문제의 답이 왠지 단화산에서 나올 듯한 예감이 드는 것은 왜일까?

 '단화산'

 어쩌면 그 산과 자신이 어떠한 인연이 있을 것 같은 느낌이 드는 것이었다. 진화는 일단 잠자리에 들기로 하였다. 잠자리에 들어 푹 쉬고 난 후 내일 단화산으로 가 보리라. 그 산에 간다는 것이 왠지 포근한 옛 고향에 가는 것 같은 생각이 들었다. 지금까지 가 본 적이 없는 그 단화산이 왜 갑자기 이렇게 가까이 느껴지는 것일까?

지함이 할 일이 있다

· 113 ·

'일단 잠을 자두자.'

진화는 저녁을 먹은 후 잠자리에 들었다. 잠자리에 든 진화는 무엇인가 움직이는 것을 느껴 잠이 깨었다. 바람도 아닌 것이 무엇인가 자신을 간지르고 지나간 것 같은 것이다. 이러한 기분을 느껴 본 것은 처음이었다. 무엇인가 지나갔음에도 그것이 무엇인지 모르겠는 것이다.

'무엇일까?'

하지만 알 수는 없었다. 잠시 후 머리 부근에서 움직이던 것이 다리 쪽으로 내려가는 것 같았다. 몸 속에서 움직이는 것인지 몸 밖에서 움직이는 것인지 알 수가 없었다. 무엇인가 움직이는 것은 확실한데 그것이 무엇인지 모르겠는 것이다.

이것이 그 기운이라는 것일까? 기운이라면 무슨 기운일까? 진화는 어수선한 기분을 가라앉히며 마음을 진정시켰다. 진화는 불을 켜려다가 불을 켜면 밖에서 알 것 같아 그대로 있으면서 생각에 잠겼다. 창 밖에 달이 있어 방안이 어느 정도는 훤하였다. 잠시 후 그런 대로 어둠이 눈에 익었다.

움직이던 기운이 아랫목에서 자리를 잡는 것 같았다. 자리를 잡으면서 기운이 형태를 갖추어 가는 것 같았다. 무엇인가 희미한 것이 보였다. 잘못 보고 있는 것은 아닌가 하며 눈을 비비고 다시 보았으나 분명 무엇인가 자리를 잡고 있었다. 사람의 형상을 갖추고 있었다.

'사람의 형상이라니?'

가만히 보고 있던 진화는 소스라치게 놀랐다. 바로 돌아가신 아버님의 형상이 아닌가?

'아버님께서······?'

진화는 당황하여 무슨 말을 하여야 할지 몰랐으므로 황망간에 문안을 드린다는 것이…….

"어인 일이시옵니까? 이 밤중에."

"애비에게 할 말이 그렇게도 없더냐?"

"아닙니다. 너무 갑자기 오셔서…….”

진화는 아직도 이것이 사실인지에 대하여 반신반의하였다. 귀신이 있다고 하더니 이것이 무엇인가? 바로 귀신이 아닌가? 하지만 형상으로 보면 분명 아버님이었다. 이렇게 분명히 닮은 모습을 하고 있는데 아버님이 아니라고 할 수 있을 것인가?

"애비가 온 것이 반갑지 않단 말이냐?"

"아닙니다. 너무 반가워서 드린 말씀이옵니다."

"그간 별일 없었느냐?"

"예. 아버님께서는 무고하셨는지요?"

"이승을 떠난 사람이 무슨 별일이 있겠느냐?"

"……."

"지함은 어찌하고 있느냐?"

"예, 잘 크고 있습니다."

"지함이 나와 네가 못 이룬 것을 이루어 줄 아이이니라. 잘 키우도록 해라."

'이것이 무슨 말인가? 당신이 못 이룬 것과 내가 못 이룬 것을 이루어 줄 아이라니? 또한 도대체 무슨 일을 하건대 3대에 걸쳐 일을 한단 말인가?'

"아버님."

"다른 일은 없을 것이다. 지함에 관하여는 아무도 시비가 없을 것이며, 이 애로 인하여 만인이 위안을 얻을 것이다."

예전의 기력이 좋으실 때의 아버님 목소리와 동일하였다. 누구도 아버님임을 의심할 수 없을 만큼 용모와 음성이 아버님과 흡사하였다. 진화는 아버님을 다시 뵙게 된 것이 사실인가 여부를 믿을 수 없을 만큼 놀랐다. 하지만 그러한 것을 상세하게 문의할 시간은 없는 것 같았다.

"무슨 말씀이시온지요?"

"다른 내용은 아직 알 것 없다. 다만 명심하도록 해라. 크게 될 아이이니라."

"알았사옵니다. 헌데 이렇게 오실 수 있는지요?"

"무슨 말이냐? 죽은 사람이 어찌 이렇게 올 수 있단 말이냐?"

"그러면 어찌 지금은 이렇게 말씀하여 주실 수 있는 것인지요?"

"지금은 남아 있던 지기(地氣)를 잠시 이용하는 것이다. 아마도 더 이상은 힘들 것이다. 앞으로 내가 소식을 전하지 못하더라도 지함을 잘 키우도록 해라."

"네, 알았습니다. 지금도 잘 크고 있으나 앞으로도 잘 키우도록 하겠습니다."

"그리하도록 해라."

부친의 목소리가 점차 희미해져 가고 있었다. 이렇게 뵈올 수 있다니? 이것이 정녕 아버님을 마지막으로 뵙는 것이란 말인가? 진화는 갑자기 눈앞이 흐려져 왔다.

"나를 더 볼 수 있는 방법은 온 집안이 천기(天氣)수련법을 익히는 방법밖에 없다."

"천기수련이라고 하셨는지요?"

"그래, 천기수련이다."

"어찌하면 배울 수 있겠는지요?"

"마음속으로 계속 간청하면 배울 수 있는 방법을 알 수 있을 것이니라. 단화산과 관련이 있으니 알아보도록 해라. 더 이상 알려 준다면 수련의 효과가 없을 것이니 나머지는 네가 알아서 하도록 해라."

"알았사옵니다."

음성이 점점 작아져 가고 있는 가운데 영상도 점점 희미해져 갔다. 이제는 귀를 기울여서 들어야 들을 수 있을 만큼 작아져 있었다.

"아버님."

"```~~~~~~~??????????------_____------?"

아주 작은 목소리가 들리기는 하였으나 무슨 말인지 알아들을 수가 없었다.

"아버님, 잠시만 더 계시다가 가실 수는 없사온지요?"

"…~~~~~-------_____"

진화는 귀를 기울여 듣고자 하였으나 무슨 소리가 나긴 하였으되 더 이상 대답을 알아들을 수는 없었다. 방 아랫목에 앉아 있는 것처럼 보였던 아버님의 영상도 거의 사라져 가고 있었다. 진화는 아랫목으로 다가가면서 아버님의 형상을 만져 보려 하였다. 하지만 손에 잡히는 것이라고는 아무것도 없는 허공을 한 바퀴 휘저었을 뿐이었다.

"아버님……, 그렇게 오셨다 가실 수도 있사옵니까?"

잠시 전에 일어난 일이지만 모든 것이 꿈이 아닌가 싶도록 허무하게 흘러가 버렸다. 아버님을 뵌 것이 언제이던가? 너무나 깨끗이 살다 돌아가신 아버님이셨다. 정말로 돌아가신다는 말의 의미를 그대로 새겨 마음에 담을 수 있는 경험이었다.

이승이란 와서 잠시 머물다 가는 곳이리라. 영원히 머물 수도 영원히 오지 않을 수도 없는 이곳. 물론 오지 않으려면 오지 않을 수도 있으리라. 하지만 그래 가지고서야 무슨 발전이 있겠는가? 고난을 두려워하여서는 아무것도 건질 수 없는 것이 또한 우리의 삶인 것이다.

지금까지 무엇을 두려워해 본 적이 없지만 아버님께서 돌아가시고 나서 얼마간 약간의 두려움이 있긴 하였다. 하지만 지금은 그것마저 사라져 버리고 본래의 자신으로 돌아온 것이다. 사람이 살아가면서 겪어야 할 많은 일들이 있을 것이다. 그 중에서 가장 중요한 것이 바로 부모에 관한 일일 것이다.

진화는 이진사가 향천하고 난 후 얼마나 자신이 아버지에게 의지하였으며, 아버지의 절대적인 영향력 아래에서 성장하였는가를 알 수 있었다.

방금 돌아가신 아버님께서 다시 나타나셨던 것은 자신에게만 가능한 것인지는 몰라도 어쨌든 자신의 내부에 잠재되어 있던 아버님에게 의존하려 했던 과거의 무의식이 아버님을 모셔 와서 그런 내용을 전달받도록 하였는지도 모를 일이었다.

어쨌든 자신을 돌아보면 돌아가신 후에도 아버님을 잊고 살아온 적은 없었던 것 같은 생각이 드는 것이다. 모친께서 생존해 계시기는 하나 모친으로부터는 따뜻한 인간의 정을 느껴 본 적은 있어도 삶의 큰 지혜를 전수받은 기억은 별로 없는 것이다.

어쨌든 진화는 아버님으로부터 들은 잠시 전의 메시지에 대하여 깊이 생각에 잠겼다. 말씀의 요지는 지함을 잘 키우라는 내용이다. 아버님과 자신, 그리고 지함에 이르기까지 3대가 한 가지의 일을 하는데 그것을 이루는 것은 지함이라는 말씀이 아니었던가?
 무슨 일이든지 간에 돌아가신 아버님께서 지기의 힘을 빌려 잠시 그러한 말씀을 해 주신 것은 자신이 앞으로 어떻게 살아가야 할 것인가의 지침을 정함에 있어 상당한 도움이 될 것이었다.
 지함이 그렇게 중요한 소명을 가지고 태어났다니? 그래서 태어날 때부터 남달리 용이 나타나고 서기가 어리는 등 엄청난 태몽을 꾸면서 태어났단 말인가? 어쨌든 다른 아이들보다 다른 면이 있기는 하였다. 그 다른 면은 자신이 생각하기에도, 남들이 보아서도 알 수 있을 만큼 달랐다.
 하지만 그러한 면이 지함의 인격에서 우러나오는 것이지 역사적 사명을 가지고 태어나서 주어진 것이라고는 생각지 않았다. 헌데 그것이 아닌 것 같은 것이다. 무엇이든 사명이 있다면 어떠한 사명일 것인가? 진화는 지함에 대하여 새로운 생각에 잠겼다.

'오늘 밤 나의 생각을 마무리할 수는 없을 것이다. 내일 다시 생

각하도록 하자.'

진화는 다시 잠자리에 들었다.

점박이의 방문

· 114 ·

지함은 당시 서당에 다니고 있었다. 이 서당은 동막 선생*이라는 분이 훈장으로 계시는 곳이었는데 이 선생의 학식이 워낙 높아서 주변 고을에서 존경이 대단하였다.

학식뿐만이 아니라 인격 또한 훌륭하여 이분을 바라보기만 해도 감동이 올 지경이었다. 인근의 농군들은 가을이 되면 이분께 조금씩이라도 곡식을 가져다 드리는 것이 하나의 기쁨이었다. 그럴 때

---

* 〈한국의 선인들〉 2권 '이지함' 편에서는 '계골 선생'으로 소개되었다.

마다 선생께서는 그 농군에게 도움이 될 만한 말씀을 한마디씩 하여 주시는 것이었다.

그해 가을, 점박이라는 농군이 찹쌀을 서너 되 가져다 드릴 때에 선생께서 점박이의 건강에 관해 조언을 해 주신 적이 있었다.

"훈장님, 금년에 쉰네가 농사를 조금 했습니다요. 얼마 안 됩니다만 찹쌀이니 맛이라도 보시라고 가져왔습니다요."
"고맙네. 이런 걸 뭐 하러 가져오나. 자네도 어려울 텐데."
"아닙니다요. 저희는 먹을 것이 많습니다요."
"올해 농사는 어떠한가?"
"보시다시피 잘 되었습니다요."
"그런가? 다행이구먼. 그런데 자네 어디 불편한 곳은 없는가?"
"아닙니다요. 괜찮습니다요."

점박이는 최근 들어 가슴이 답답하고 소화가 잘 안되는 것을 느끼고 있었다. 아직 처에게도 이야기를 하지 않고 있었으나 자신의 증상을 느끼고 있었다. 선생의 눈치를 보니 바로 그 점을 아시고 물어보시는 것 같았다.

"자네는 너무 몸을 아끼지 않는 것 같네. 몸 생각을 해야지."
"괜찮습니다. 훈장님."
"아니네. 잠시 이리 올라와 보게. 자네 맥을 좀 봄세."

"아닙니다."
"어서 올라오게. 내가 짚히는 것이 있어서 그러는 것이야."
"예. 그럼 소생 잠시 올라가겠습니다요."

점박이의 맥을 보시던 선생이 안타까운 듯 말했다.

"자네 요즈음 속이 좋지 않았지? 이래가지고서야."
"예?"
"기가 막혔네. 임맥에서 기운이 막혀서 아마 속이 거북할 거야."
점박이는 깜짝 놀랐다.
"예, 그렇습니다요. 훈장님."
"그럴 거야. 내가 그런 것 같아서 올라와 보라고 한 것이지."
"아-, 예."
"그래, 어떻게 하고 있나?"
"그냥 있습니다요."
"그러면 계속 가슴이 답답할 것일세. 내가 잠시 보아 줄 테니 그대로 해 보게."
"예. 소인 그리하도록 하겠습니다."

동막 선생은 점박이의 등을 서너 번 치더니 누우라고 하고는 이마에서 아랫배까지 손가락 한 마디 정도만큼씩 내려가면서 천천히 그리고 지그시 눌러 주는 것이었다.

점박이는 가슴이 점점 시원해지는 것을 느꼈다. 아니 가슴이 아니고 온몸이 시원해지는 것이었다. 속이 편해지면서 온몸이 나른해지더니 잠이 쏟아졌다.

'이렇게 자면 안 되는데, 훈장님 앞에서 이 무슨 일인가?'

하지만 억지로 버틴다고 될 일이 아니었다. 눈꺼풀이 천만근이었다. 일어설 수가 없었다. 혼미한 가운데 무엇인가 눈앞에 지나가는 것이 있는 것 같았다. 그것이 무엇인지 알아볼 여유도 없었다. 깜빡 잠에 떨어져 버리고 만 것이다.

한참을 잔 것 같았다. 무엇인가 앞에서 어른거리는 것이 있었다. 잘은 모르지만 무슨 글씨 같았다. 자신이 글씨를 모르므로 지금 앞에서 보이는 것이 무슨 글씨인지 알 수가 없었다. 하지만 무슨 이유에서인지는 모르지만 그 글씨의 뜻이 금방 가슴에 와 닿았다. 자신이 글씨를 읽을 줄 모름에도 지금 글씨를 읽은 것이다. 어떻게 읽었는지는 모르겠으나 하여튼 글씨를 읽은 것이다.

"진화에게 동막 선생을 찾아보도록 전해라. 궁금한 것이 있을 것이니라."

점박이는 희미한 의식 속에서 깜짝 놀랐다. 잠이 깼다. 정신을 차리고 일어나 보니 선생은 안 계시고 학동들 역시 아무도 없었다.

자신이 혼자 동막 선생이 학생들을 가르치는 방에서 잠에 곯아떨어져 있었던 것이다.
 이런 결례가 있나? 큰일이다 싶었다. 동네에서 존경받기로 하면 둘째가라면 서러울 훈장님 아니던가? 그분 앞에서 잠이 들다니? 얼른 일어나 옷을 가다듬었다.
 잠결인지 아닌지 모르겠으나 어렴풋이 생각이 났다. 진화에게 동막 선생을 찾아보도록 하라고 한 것 같았다. 진화라면 이진사의 아들로서 자신이 상당히 어려워하는 사람 중의 한 분 아닌가? 나이를 떠나서 어려운 분인 것이다.
 '어떻게 전해야 할 것인가? 무엇이라고 부르며, 어떻게 아뢰어야 할 것인가?'
 꿈도 아니고 생시도 아닌 이상한 시간에 동막 선생으로부터 치료를 받다가 본 것을 이야기하면 상대방이 어떠한 반응을 보일 것인지에 대하여도 자신이 없었다. 무엇이라고 하여야 할 것인가? 상대가 믿어 줄 것인가? 꿈에서 본 것을 이야기하는 놈이라고 무시하는 것은 아닐까?
 그래도 할 수 없다. 어찌 본 것을 안 보았다고 할 것이며, 또 본 것을 전하지 않고 있을 것인가? 그것을 진화에게 전하지 않으면 마음이 편치 않을 것 같았다.
 '가자. 가서 말씀드리고 나서 이상하게 들으셔도 할 수 없는 것이 아니겠는가?'
 해가 아직 한참 남아 있었다.

'지금 가면 계실 것인가?'

계시면 아뢰어 보아야 할 것이다. 욕을 먹더라도 이야기해 보고 나서 욕을 먹어야 할 것이 아니겠는가? 점박이는 진화네로 걸음을 옮겼다. 진화가 있을 것인지는 알 수 없으나 가 보기는 하여야 할 것 같았다.

동네에서 자그마한 논두렁 서너 마지기와 밭뙈기 서너 조각에 농사를 하고 그것으로는 부족하여 남의 일을 해야 하는 점박이로서는 도지(賭地)를 바치고라도 진화가 농사지을 땅을 빌려 주기만 한다면 더할 나위가 없었다. 하지만 그것을 바랄 수는 없었다.

오늘은 꿈인지 생시인지 자신이 본 것을 전달하기 위해 가 볼 수밖에 없다고 생각하고 있었다. 가서 무엇이라고 말씀드려야 진화가 이상하게 생각지 않고 자신의 말을 들어 줄 것인가? 처음부터 그대로 이야기하는 것이 나을 것인가?

점박이는 진화네로 갔다. 마당쇠에 의하면 진화는 어디로 갔다고 하였다. 하지만 금방 돌아오실 것이니 잠시 기다리라고 하였다. 점박이가 마당쇠와 함께 이야기를 하면서 있던 중 멀리서 진화의 기침 소리가 들렸다.

진화의 기침 소리는 최근 들어 생긴 버릇이었다. 자신이 있음을 알림으로써 집안 사람들에게 조심을 하도록 하려는 배려에서였다. 마당쇠와 점박이는 진화에게 인사를 하였다.

"어르신, 무고하신지요?"

"그래, 점박이. 자네 어쩐 일인가?"
"예, 잠시 지나던 길에 들렀사옵니다."
"그래, 별고 없었는가?"
"그러믄입쇼".
"놀다 가게."
"예."

점박이는 이 순간을 놓치면 다시 진화에게 이야기를 하기가 힘들 것 같았다. 마당쇠에게도 진화에게 이야기할 것이 있다고 하였으므로 이야기해도 무관할 것 같았다. 점박이는 집으로 들어가려는 진화를 불렀다.

"근데, 어르신."
"어, 왜 그러나?"
"저기……."
"왜, 무슨 일이 있는가?"
"다름이 아니라……."
"무슨 말인가?"

진화도 최근의 범상치 않은 일이 있었던지라 점박이의 행동을 보면서도 나무라지 않았다.

"해 보게. 여기서는 안 되는 말인가?"

마당쇠가 내용도 모르면서 눈을 꿈벅하였다.

"예, 그게 그러니까……."
"이리 오게."
"예, 어르신."

진화가 앞장서서 휘이휘이 걸어가서는 사랑방으로 들어가고 점박이가 뒤를 따라 들어갔다. 틀림없이 무슨 말인가 하려는 것이 있을 것이다. 그렇지 않고서야 이 녀석이 갑자기 내게 올 리가 없을 뿐더러 저희들끼리 하면 될 것을 나한테까지 이럴 일이 없지 않겠는가? 무슨 중요한 용건이 있을 것이었다.

· 115 ·

사랑방에 들어간 진화는 아랫목에 자리를 잡고 앉아 점박이를 불렀다.

"들어오너라."
"소인이 어찌 감히……."
"글쎄, 들어오라니까."
"예, 그럼."

점박이는 방으로 들어가서 진화 앞에서 서너 걸음 떨어진 곳에 앉았다. 평소 진화를 보기는 하였으나 이렇게 가까이 앉아서 대하기는 처음이었다. 더욱이 방에서 마주 앉으니 점박이는 입이 떨어지지 않았다. 자신이 본 것도 옳다고 확신할 수 있는 것도 아니지 않는가? 그런 마당에 이러한 자리에서 헛소리라도 한다면 앞으로 진화를 어떻게 볼 것인가가 걱정이 되는 것이었다.
　가까이서 보니 진화의 얼굴이 크게 보였다. 점박이는 더욱 위축되는 자신을 느꼈다.
　진화가 보니 점박이가 무슨 말을 하기는 하여야 할 것 같은데 말을 못하고 있었다. 말을 못하는 것이 틀림없이 무슨 이유가 있을 것 같은데 짐작컨대 근래 들어 자신이 본 이상하다고 생각되는 일들과 무관치 않은 것 같았다. 그래서 방으로 불러들인 것인데 역시 생각을 바로 한 것 같았다.

　"그래, 무슨 말이냐? 괜찮으니 말해 보아라."
　"저, 나으리."
　"무슨 말이라도 괜찮으니 말해 보래두."
　"예, 저 나으리. 소인이 서당에 찹쌀을 조금 가져다 드리려고 갔다가 훈장님을 뵌 적이 있습니다요."
　"동막 선생님 말이냐?"
　"예."
　"그래서 어찌 되었느냐?"

"예. 찹쌀을 드리고 나오던 중 훈장님께서 잠시 맥을 보아 주셨습니다요."

"음. 그래서?"

"맥을 보아 주시고 나서 훈장님께서 소인이 속이 답답한 것을 아시고 소인의 여기저기를 눌러 주셨는데 갑자기 잠이 쏟아졌습니다요."

진화는 점박이가 하는 말에서 무엇인가 짚히는 것이 있었다. 혹시 이 사람이 내가 본 것을 다른 방법으로 본 것은 아닌가 하는 생각이 들었던 것이다.

"그래서 어찌 되었느냐?"

"안 자려고 애를 썼으나 너무나 잠이 쏟아져서 어쩔 수 없이 떨어졌습니다요. 헌데……."

점박이는 어떻게 설명을 하여야 할지 몰랐다. 글을 읽었다면 진화가 믿어 줄 것인가 하는 생각이 들었기 때문이다. 그러나 어찌 할 것인가? 이왕 말을 꺼낸 것이다. 어차피 믿어 줄 것이라고 생각지 않고 한 짓이 아니던가?

"훈장님께서 임맥인가가 막혔다고 하시면서 주물러 주시는데 그렇게 되고 말았습니다요."

"어디가 아팠느냐?"

"요새 들어 속이 답답하였습니다요."

"음……."

"갑자기 잠이 들었는데 잠에서 깨인 것도 아니고 잠이 든 것도 아닌 채 무슨 글씨를 읽었사옵니다요."

"네가 글을 배웠단 말이냐?"

"아닙니다요. 그래서 소인도 무엇이라고 말씀을 드려야 할 것인지 모르겠습니다요."

"그래, 어떻게 읽었느냐?"

"그냥 읽어졌습니다요."

"그냥 읽어지다니?"

"저도 잘 모르겠습니다요. 꿈속인 것처럼 그렇게 읽어졌습니다요."

"그렇다?"

"예."

진화는 가만히 생각해 보았다. 그럴 수도 있을 것 같았다. 자신이 지금까지 본 것도 다른 사람들에게 이야기하면 믿을 수 없는 것이 대부분 아니던가? 그러한 것을 자신이 보며 지내 온 것이었다. 자신이 겪은 것도 그렇거늘 점박이가 겪은 것을 믿을 수 없다고 할 수가 없을 것 같았다.

자신이 알고 있는 점박이는 순진하고 아직까지 거짓말을 하는 것을 본 적이 없었다. 지금도 말을 하고 있는 표정이며 말투가 전혀 거짓이 아닌 것같이 보이고 있는 것이다. 우선 믿고 이야기를 전부 들어 보자. 다 들어 보고 나서 판단해도 늦지 않을 것 아니겠는가?

"그래, 어떻게 읽어진 것 같더냐?"

점박이는 진화가 자신을 믿어 주지 않으면 어떻게 하여야 할 것인지 걱정이 되었으나 자신을 믿어 주는 것같이 보이자 걱정이 덜어지면서 말이 술술 나왔다.

"예. 깜빡 잠이 든 것 같았는데 무엇인가 앞에서 어른거리는 것이 있었사옵니다. 잘은 모르지만 무슨 글씨 같았사옵니다. 헌데 금방 그 글씨의 뜻이 가슴에 와 닿았습니다. 어디로 읽은 것인지 잘 모르지만 가슴에 그 뜻이 와 닿은 것 같았사옵니다요. 지금은 그 글씨가 생각나지 않습니다요."
"가슴에 와 닿다니 어떻게 가슴에 와 닿았단 말이냐?"
"잘은 모르겠으나 글씨가 읽어졌습니다요."
"그랬단 말이냐?"
"예. 어떻게 말씀드릴 수는 없으나 저도 모르게 글씨가 제 가슴으로 들어온 것 같았사옵니다. 그리고는 저절로 그 글씨가 어르신께 말씀드려야 할 것으로 생각되었습니다요."
"그래, 무슨 내용이더냐?"
"어르신께서 동막 훈장님을 찾아보시라는 말씀 같았습니다요."

"그 밖에 없었느냐?"

"다른 말씀이 있었사옵니다. 아마도 동막 훈장님을 찾아뵈오시면 궁금하신 것을 아실 수 있을 것이라는 것 같았사옵니다."

"음……, 그 말씀 이외에는 없었느냐?"

"예. 그 말씀 외에는 없었던 것 같습니다요."

"혹시 다른 말씀이 없으셨는지 잘 생각해 보도록 해라."

점박이는 아무리 생각해도 다른 말씀은 없으셨던 것 같았다. 분명 '진화에게 동막 선생을 찾아보도록 전해라. 궁금한 것이 있을 것이니라.'라고 한 것밖에는 없었던 것으로 기억하고 있었다. 그 말씀 밖에는 아무리 생각해도 없었던 것이다. 고개를 기웃거리며 생각을 하던 점박이는 아무리 생각해도 그 외에는 생각나는 것이 없었다.

"없었사옵니다요."

"그래, 알았다. 혹시 그 일을 누구에게 이야기한 적은 없느냐?"

"예. 이 일은 누구에게 이야기하면 안 될 것 같았사옵니다."

"그래, 알았다. 앞으로도 이러한 일이 있을 때에는 누구에게 이야기하지 말고 나한테만 이야기하도록 해라. 알겠느냐?"

"예, 알았습니다요. 어르신."

"그래, 알았다. 돌아가 보도록 해라. 그리고 마당쇠에게 이를 테니 쌀섬이나 가져가도록 해라."

"아닙니다요. 어르신."

"아니다. 중요한 이야기를 해 주었는데 내가 해 줄 수 있는 일은 이것밖에 없구나."

"어르신. 아마도 그렇게 하시면 마당쇠가 이상하게 생각하지 않을까 싶습니다요. 나중에 논이라도 좀 부칠 수 있도록 하여 주시면 감사하겠습니다요."

"그렇게 해도 되겠느냐?"

"그러믄입쇼. 그렇게만 해 주신다면 감지덕지이옵니다."

"알았다. 그렇게 하도록 하자."

"예, 어르신."

"어서 가 보도록 해라."

"예, 어르신. 소인 물러가옵니다요."

"그래라. 다시 한 번 이르지만 절대로 누구에게 발설하여서는 안 되느니라."

"걱정 마시옵소서, 어르신."

진화는 점박이를 보내고 생각에 잠겼다. 하는 말을 들어 보아서는 거짓말이 아니었다. 점박이가 평소에 거짓말을 하는 아이가 아닐 뿐더러, 자신이 최근 본 것에 대하여 많은 의문을 가지고 있었는데 점박이가 하는 말을 들어 보건대 그 의문에 대하여 해답이 나올 것 같은 실마리가 보이고 있는 것이다.

단화산에서 동막 선생을 만나다

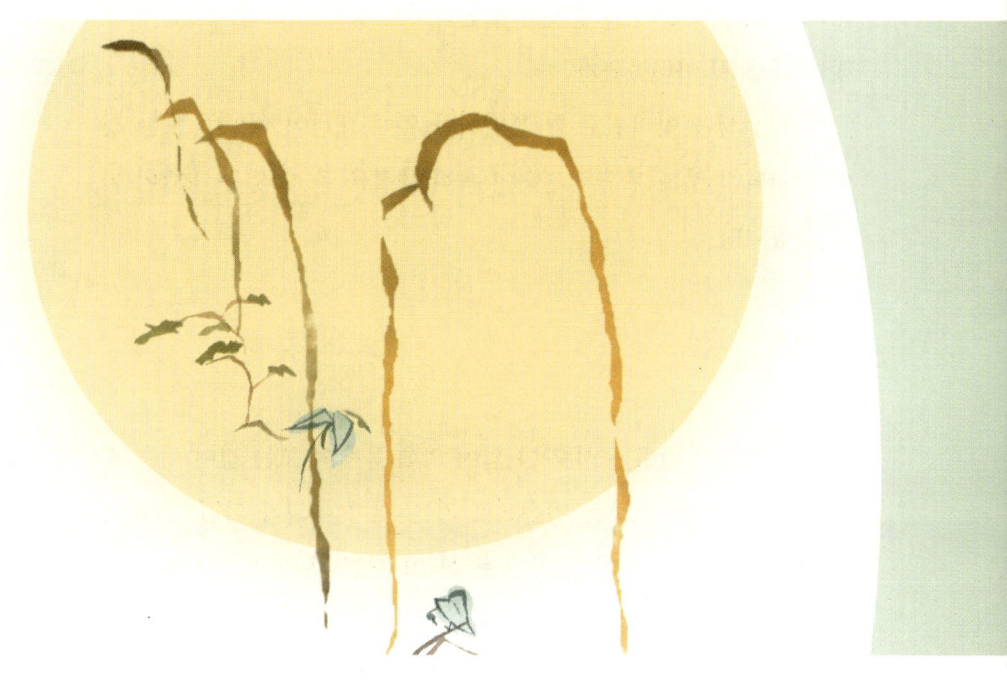

· 116 ·

'동막 선생.'

어찌 그분을 생각지 못하였을까? 인근에서 지혜가 많기로 이름난 분이다. 이러한 경우에 당하여 그러한 분에게 답을 구하지 아니한다면 누구에게 문의할 것인가? 그러한 분이 지척에 계신데 생각지 못하고 있다니! 자신이 스스로 한심하여지는 것이었다.

앞으로는 이러한 실수를 하는 일은 없도록 하여야 할 것 같았다. 그분께서는 답을 주실 수 있을 것이다. 점박이가 이야기하지 않았더라면 생각지 못하고 혼자서 고민하면서 앞으로도 얼마간을 답을 찾아 헤맬 것 아니겠는가?

동막 선생을 찾아뵙고 최근 일어난 일에 대하여 여쭈어 보는 것이 판단되지 않는 부분에 관하여 속히 해결을 볼 수 있는 방법이 아닌가 싶었다.

'가자.'

가서 선생께 답을 구하고 그 답에 의해 움직여 보는 것이 나쁠 것이 없어 보였다. 진화는 빈손으로 가는 것이 예의가 아닌 듯 하여 마당쇠를 시켜 일전 떠 놓은 꿀을 한 병 챙긴 후 동막 선생을 찾아 나섰다.

선생의 서당까지 가는 길은 그리 멀지 않았다. 한 시각 정도 걷자 선생의 서당에 도착할 수 있었다. 그러나 진화가 서당에 도착하여 선생께서 계시는지 문의하자 어디로 출타하시고 안 계신다고 하는 것이었다.

진화는 다음에 들를 것임을 전달한 후 집으로 돌아오는 길에 단화산 생각이 나서 그 아래로 돌아서 오기로 하였다. 단화산을 향하여 가던 중 진화는 멀리 산중턱 바위 아래 누군가 앉아 있는 것이 눈에 뜨였다. 언뜻 보면 사람이 아닌 것도 같았으나 자세히 보면 사람이 분명하였다.

'누군가?'

 자신이 단화산에 대하여 관심을 가지고 있던 차 누군가가 단화산에 앉아 있음은 궁금증을 더해 주는 문제였다. 진화는 아직 해가 남아 있으므로 그곳에 올라가 보기로 하였다. 산중턱에 올라갔다가 집으로 간다고 해도 저물지 않을 만큼 시간이 남아 있기도 하였거니와 평소 단화산에 올라가 본 적이 없던 진화는 혼자서 올라가는 것보다는 누군가 있을 때 올라가 보면 덜 심심할 것 같은 생각도 들었기 때문이었다.
 산 아래 샘에서 물을 한 모금 마신 진화는 천천히 걸어 올라가면서 사람이 앉아 있던 곳을 찾아보았다.

'이곳은 평소 사람이 잘 올라가지 않던 곳이다. 그런데 누가 이곳에 올라와 있단 말인가?'

 자신이 신성시했던 이곳에 누군가가 올라와 있다는 것이 자신하고만 관계가 있을 것으로 예상했던 이 산에 어떠한 영향을 주는 것은 아닐까 하는 생각도 들었거니와 누군지 만나 보아야만이 궁금증을 풀 수 있을 것으로 생각되었기 때문이었다.
 서서히 그곳을 향하여 올라가던 진화는 어디서 본 듯한 사람임을 알고 생각에 잠겼다. 아는 사람이라면 무엇이라고 이야기를 할 것인가? 자신이 여기에 올라올 일이 없는 사람임은 동네 사람들이 잘 알고 있을 것 아니겠는가? 헌데 자신이 지금 여기를 올라오고 있음을 본다면 무엇이라고 설명을 하여야 할 것인가?

진화는 이런저런 생각을 하면서 그 사람이 있던 곳에 다가가서 보니 바로 동막 선생이 앉아 계시는 것이었다. 그냥 앉아 계시는 것이 아니라 가부좌를 한 상태로 눈을 감은 채 깊이 어떠한 생각을 하고 계시는 것 같았다.

진화는 방해가 될까 두려운 생각에 가만히 올라가서 여남은 걸음 떨어진 곳에 앉았다. 잠시 있자 동막 선생이 부르는 소리가 들렸다.

"게 누구신가? 어서 올라오시지 않고 무엇을 하시는가?"

막상 동막 선생의 목소리를 듣자 점박이에게서 들은 이야기가 생각이 났다. 점박이가 직접 들은 것도 아니고 동막 선생께 갔다가 꿈결같이 들었다고 했다. 그 말을 하여야 할 것인가? 말 것인가?

"예, 훈장님. 저 진화입니다."
"아, 그러신가? 오셨으면 올라오시지 않고 무엇을 하셨던가?"
"예. 훈장님께서 깊이 생각을 하고 계시는 것 같아 기다리고 있었사옵니다."
"생각은 무슨. 그래, 이곳에는 무슨 일이시던가?"

"아, 예. 지나가던 길에 산이 좋아 보여서 올라오던 길이었습니다."
"좋은 산이야 많지. 이 산만 좋던가?"
"그렇긴 합니다만 오늘은 이 산이 좋아 보였습니다."
"무슨 일이 있으시던가?"
"아무 일 없습니다. 그냥 올라왔습니다. 헌데 훈장님께서는 어인 일이신지요?"
"가끔 산책을 하지. 그런데 오늘은 여기로 왔네. 무고하신가?"
"예. 별일 없이 모든 일이 여일합니다."
"그래야지."

 진화는 점박이에게 들은 말이 있으므로 혹시 어떠한 낌새라도 볼 수 있을까 하여 동막 선생의 표정을 가만히 살폈다. 하지만 어떠한 이상도 발견할 수 없었다. 다만 한 가지 이상한 점이라면 오늘따라 왜 단화산에서 동막 선생을 만났을까 하는 점이었다.
 이렇게 산에서 선생을 만나는 것이 쉽지는 않은 일일 것이다. 하물며 점박이로부터 들은 말이 있지 않은가? 그런데 선생은 아무런 언질을 주지 않고 계시는 것이다. 그렇다면 점박이가 꿈속에서 본 것이 맞는 것일까?
 하지만 자신이 궁금해하고 있는 것을 어떻게 아셨단 말인가? 점박이가 그것을 알 리가 없지 않은가? 그리고 점박이가 자신에게 그러한 말을 할 수 있는 처지가 아닌 것이다. 그리고 자신을 찾아와서 실없는 말을 하고 갈 만큼 점박이가 평소에 실없는 사람이 아닌 탓도 있었다.

　신분이야 그렇다고 치고 그것이 사람의 인격과 동일시된다고 생각해 본 적은 없었던 진화였다. 그렇다면 이것을 어떻게 생각해야 할 것인가? 사실인가? 아닌가? 무엇이 이렇게 판단을 어둡게 하는 것인가?

　진화는 이러저러한 생각을 하다가 말을 돌려서 물어보기로 하였다. 단화산에 대하여 문의하고 선생의 답변을 들으면 어떠한 단서가 나올 수 있지 않을까 해서였다.

"훈장님, 단화산에 대하여 잘 아시는지요?"
"잘 알지는 못하지만 이 산에 대하여 대충은 알고 있지."
"저도 잘 알지는 못하지만 오늘은 이 산이 왠지 좋아 보여서 올라오던 길이었습니다."
"허, 그런가? 이 산은 원래 기운이 좋기로 유명한 산이지. 기운이 말이야."
"산의 기운이라니 무엇을 말씀하시는 것인지요?"
"산의 기운이란 이 산이 가지고 있는 힘을 말하는 것이지. 산의 힘이란 우리가 일견 보기에는 나무와 풀이 얼마만큼 자라는가 하는 것으로 나타나기도 하지만 기운을 공부한 사람에게는 느껴지는 바가 있지."
"예……?"

진화는 알 것도 같고, 모를 것도 같았다. 일전 본 것이 있었으므로 이해를 할 수 있을 것 같기도 하고 아닌 것 같기도 하였다. 자신이 본 것이 기운이라면 그것을 사람이 느낄 수 있단 말인가? 느낀다면 그것을 어떻게 설명하여야 할 것인가? 또 느끼고 안 느끼고의 차이가 어떠한 결과를 가져올 것인가?

"산 기운을 느낄 수 있다는 것은 기운을 느끼는 것의 시초를 말하는 것이지. 산 기운을 느낀다는 것은 우리가 태어난 이 땅의 기운을 느끼는 것으로서, 우리는 어머니의 뱃속에서 태어나는 것으로 생각하지만 사실은 이 땅의 기운을 받아서 태어나는 것이라고 생각할 수 있지. 왜 기운이 궁금하던가?"

"예, 말씀을 듣자하니 퍽이나 궁금해지는 것이 있사옵니다."

"그렇던가? 자네는 기운에 대하여 들어 본 적이 없던가?"

"예, 훈장 어르신."

"기운이란 참으로 오묘한 것이어서 이 세상을 이루어 가는 모든 것이 사실상 기운이라고 할 수 있지. 기(氣) 철학적 관점에서 논한다면 모든 것은 기로 이루어져 있고, 기로 움직이고 있지. 기가 아니면 아무것도 할 수 없고, 기가 아니면 어떠한 일도 불가능하다고 할 수 있지."

"······?"

"기란 이 세상의 모든 것이며, 기를 떠나서는 아무것도 존재할 수 없지. 자네는 기에 대하여 아직 잘 모를 것이나 지함이는 잘 알 것이네."

"지함이가 어떻게 안단 말씀이시온지요?"

· 117 ·

"지함이는 3대에 걸쳐 기운을 받아서 기운에 대하여는 태어날 때부터 알고 있다고 할 수 있지. 그 애는 크게 될 것이니 자네는 지함이를 잘 키워야 할 것이네."

"예, 그리하도록 하겠습니다. 헌데 훈장님께서는 어찌 아시는지요?"

"자네는 내가 왜 모른다고 생각하나?"

"아닙니다. 아실 것으로 생각합니다만……."

"이상하게 생각할 것 없네. 자네 요즈음 이상할 것들을 겪은 적이 없는가?"

"예?"

진화는 소스라치게 놀랐다. 동막 선생이 최근 들어 자신에게 일어난 일을 모두 알고 있다는 것 아닌가?

"그러한 일은 아무에게나 일어나는 일이 아닐세. 다 일어날 만한 사람들에게 일어나는 것이지. 그리고 일어날 만한 사람들에게 일어나는 일은 알 만한 사람들은 알고 있는 것이지."

진화는 모든 것을 들켜 버린 것 같아 가슴이 조여 왔으나 그 상대가 동막 선생임을 생각하자 한편으로는 털어놓을 수 있는 분이 알고 있어 후련하기도 하였다.

"그렇다면 언제부터 아시고 계셨는지요?"
"자네는 내가 이 동네에 왜 와 있다고 생각하나?"
"예, 그게 저……."
"아, 이 사람아. 내가 일없이 왜 이곳에 와 있을 것인가? 다 일이 있으니 와 있는 것이 아니겠는가?"
"그 일이란 것이 저와 관련이 있는 것인지요?"
"자네와 무관하면 내가 왜 지금 이렇게 긴말을 하고 있겠나?"

진화는 무엇인가 머릿속을 희미하게 지나가는 것이 있었다. 아버님께서 생존시에 누군가 지함에 대하여 큰 관심을 가지고 있는 사람이 있으며 머지않아 지함을 찾을 것 같고 그 사람이 나타나면 지함의 일은 반드시 그분과 상의하여 처리하여야 한다고 말씀하신 것이 생각났다.

"그렇다면 지함의 스승이 바로 훈장님이신지요?"
"내가 아니라고 할 수야 없지만 그렇다고 전부 가르칠 수 있는 것도 아니지."
"그렇다면 스승이 또 있는지요?"

"본인이 나와 수업을 하고 나서 다 깨치면 다시 필요 없는 것이고, 모르면 다시 필요한 것이지. 하지만……."
"하지만 어찌 될는지요?"
"잘될 게야."

진화는 동막 선생의 말씀을 듣고 한편으로는 마음이 놓이면서도 무엇인가 가슴을 치고 올라오는 것이 있음을 느꼈다.

"자네는 무엇인가 느끼는 것이 없는가?"
"무엇을 말씀하시는 것이온지요?"
"이곳에 와서 무엇인가 다른 곳과 다른 점이 있는 것을 느끼고 있는가 말일세."
"무엇인지 모르지만 가슴을 치고 올라오는 것이 있는 것 같사옵니다."
"그것이 무엇인지 생각해 보았는가?"
"미처 생각지 못하였습니다."
"잘 생각해 보게."

허나 진화는 아무리 생각해도 머릿속만 답답해질 뿐 알 수가 없었다. 기운에 대하여 알고 있지 못한 관계로 이러한 일이 자신의 몸에서 일어나는 것에 대하여 생각해 볼 여유가 없었다. 지금까지는 이상한 일이 일어나기는 했어도 직접 자신의 몸에서 일어나는 일은 없었다. 헌데 오늘은 자신의 몸에서 직접 일어나고 있는 것이다.

"잘 모르겠습니다."

"그럴 걸세. 기운이란 신기하고도 오묘한 것이어서 인연이 있으면 한순간에 알아지기도 하고, 인연이 없으면 아무리 노력해도 알 수 없는 것이기도 하지."

진화는 자신이 기운과 인연이 있다는 것인지 아닌지 알 수가 없었다. 어찌 보면 기운과 인연이 있으니 이러한 일이 생기는 것이요, 그렇지 않다면 기운과 인연이 없으니 모르는 것이 아니겠는가?

"저는 기운과 인연이 있는 것인지요? 없는 것인지요?"

"자네 생각에는 어떠한 것 같은가?"

"저는 잘 모르겠습니다."

"기운이란 본인의 생각이 가장 중요한 것이지. 기운이 있어도 본인이 아니라고 하면 아닌 것이 되는 것이고, 없어도 본인이 있다고 생각하면 만들어질 수도 있는 것이지. 기운처럼 인간의 정신력에 좌우되는 것이 따로 없네."

"그렇다면 기운이 저와 인연이 있는 것 같사옵니다."

"어찌 그렇게 생각하나?"

"가만히 생각해 보니 제가 기운을 느낀 것이 인연이 있음을 말해 주는 것 같사옵니다."

"기운이란 바다와 같이 대단하고 태산과 같이 큰 기운이 있는 반면, 수면 중의 숨결같이 잔잔한 것도 있는 법이지. 이 모든 것들이 기운과 연관이 있고 기운에 의해 일어나는 일이니, 기운이란 신의 영역이기는 하나 인간의 생각에 의해서도 상당 부분 좌우되는 것이기도 하지."

"기운이 있는 것은 알겠으나 이 기운을 어떻게 생각해야 할는지요?"

"이 기운을 자신의 것으로 하여야 쓸모가 있는 것이네. 기운이 자신의 것이 되고 아니고는 상당한 차이가 있는 것이지. 기운으로 하여금 나의 말을 듣게 할 것인가 아닌가는 그 기운을 자신의 것으로 할 수 있느냐 아니냐에 달린 것이기 때문이지."

진화는 동막 선생이 하시는 말씀을 알 것도 같고 모를 것도 같았다. 인간의 생각만으로 움직이는 세계가 있다는 것과 그것이 자신의 것이 될 수 있음에 대한 것이 아직 확실히 믿어지는 것은 아니었다.

기운이란 것이 무엇인가를 어렴풋이 알기는 하겠으나 이것을 알아서 무엇을 할 수 있단 말인가? 이것은 아직 기운을 모르므로 날 수 있는 생각일까? 기운을 안다면 할 수 있는 일이 많이 늘어날 것인가?

동막 선생의 말씀을 들어 보면 많은 일을 할 수 있을 것 같은 생각이 들기는 하였다. 하지만 알아서 어떻게 한단 말인가?

"자네가 할 일은 없네. 지함이 할 일이 있을 것이네."

"지함이 할 일이 있다면 저는 무엇을 도와주어야 할 것인지요?"

"무엇을 도와줄 수 있다고 생각하는가?"

"무엇이든 제가 할 수 있는 일을 도와주어야 할 것으로 생각됩니다."

"자네가 할 수 있는 일일 것이네."

· 118 ·

지함을 위해 자신이 할 수 있는 일이라면 무엇이 될 것인가에 대하여 생각을 하였다. 무엇을 해 줄 수 있을 것인가?

지함은 이미 일곱 살이 되었다. 일곱 살이라고 해도 철이 날 대로 난 아이처럼 모든 행동이 의젓하기 그지없었다.

다른 일곱 살이면 철없이 졸라대기만 할 것인데 지함의 경우는 다른 아이와 달리 모든 것에 조르는 것이 없었을 뿐 아니라 한마디만 하면 알아들었고, 때로는 이야기하기도 전에 자신이 알아서 하는 경우도 있었다.

하루는 진화가 친구인 도진에게 보낼 서신을 방안에 써 놓고 보내지 못하고 외출에서 돌아오니 서신이 사라진 것이었다. 혹시 서신을 본 사람이 없는가 확인해 보고 있던 중 아무도 본 사람이 없어 혹시 지함이 알고 있을 것인가에 대하여 알아보려 하였으나 지함이 어디로 가고 없는 것이었다.

진화는 찾다가 결국 다시 서신을 작성하여 보내려 하던 중 지함이 들어오며 서신을 전달하고 왔다고 하는 것이었다. 지함이 걸어서 다녀오기에는 상당히 먼 길이었다. 그 길을 한나절이나 걸리면서 혼자 다녀온 것인가?

"어떻게 된 일이냐?"
"예. 아버님의 서신을 보고 전해야 할 것 같아 이웃 아저씨가 가신다는 길에 따라서 다녀왔습니다."
"그랬느냐? 그렇다면 미리 이야기하고 다녀오지 그랬느냐?"
"말씀드리려 하였으나 아무도 계시지 않아 그냥 다녀왔습니다. 걱정을 끼쳐드려 송구하옵니다."
"그래, 그 서신은 어찌 보았느냐?"
"아버님께서 서신을 쓰시는 것을 보니 금일 중으로 보내 드려야 할 것 같은데 안 계시므로 보내 드리기는 하여야 할 것 같아 그냥 다녀왔습니다."
"그래, 알았다. 앞으로는 전달하지 않아도 되니 절대로 혼자서 나가는 일이 없도록 해라."
"알았습니다, 아버님."

진화는 지함의 영특함에 대하여 때로는 걱정이 되지 않는 바도 아니었다. 하지만 지함은 아이들과 어울려 놀 때는 아이답게 잘 어울리므로 그 또한 걱정할 바가 아닌 것이었다. 아이다우면서도 때로는 너무 생각이 깊고 어른스러워서 걱정이 되기도 하는 날들이었다. 이러한 것을 가지고 어떻게 판단하여야 할 것인가?

진화는 지함이 기운을 알고 있는지 궁금하였다. 동막 선생으로부터 들은 바에 의하면 기운을 알아야 큰일을 할 수 있을 것 같았다. 자신 역시 기운을 알아가면서 새로운 많은 일들을 알아가고 있지 않은가? 그러한 것에 비추어 본다면 지함이 기운을 알고 있어야 큰일을 할 수 있을 것 같았다.

그런데 그것을 물어볼 수가 없는 것이었다. 만약 물어 보았다가 아니면 알려 주어야 할 것인데 자신이 무엇을 알려 줄 수가 없는 것이다. 그렇다면 물어보았다가 대답도 못하고 말 것이 아닌가? 그럴 바에야 차라리 물어보지 않는 것이 낫지 않겠는가?

그런 생각에서 진화가 지함에게 물어보지 않고 있었는데 가만히 생각해 보니 지함이 기운을 알고 있는 것 같은 생각이 드는 것이었다. 그렇다면 자신도 알고 있어야 할 것 같은 생각이 들었다.

진화는 동막 선생을 찾아가서 기운에 관하여 더 물어보리라 생각하며 길을 나섰다. 그날 따라 동막 선생이 집에 계시지 않았다. 근래 들어 동막 선생이 집에 계시지 않는 날이 늘고 있다고 하였다. 이유는 모르겠으되 무슨 일이 있으신 것 같았다.

진화는 동막 선생이 가실 곳이 단화산이 아닌가 생각되어 단화산으로 발길을 옮겼다. 단화산으로 가던 도중 전에 기운이 땅속으로 흘러서 단화산으로 가던 일이 생각났다. 그렇게 많은 기운이 흘러 들어가는 곳이라면 그 기운이 어디로 가는 것일까?

오늘은 동막 선생과 무관하게 단화산을 보고 돌아가고 싶었으므로 단화산을 한번 올라가 보고 돌아가려고 단화산 쪽으로 걸음을 옮겼다. 단화산 아래를 들어서자 마음이 싱숭생숭하여지며 무엇인가 예기치 않은 일이 있을 것 같은 예감이 들었다. 어떠한 일이 기다리고 있을까? 가슴이 두근거렸다. 진화는 애써 두근거리는 가슴을 가라앉히고 진정한 후 단화산을 향해 걸었다.

오늘따라 단화산이 멀고 높은 것 같았다. 다른 때는 쉽게 올라가던 길을 오늘은 퍽이나 힘겹게 걸어 올라가고 있었다.

깊고 맑은 하늘의 눈

· 119 ·

올라가던 진화는 멀리 정상 가까이 높이 솟은 바위 끝에 희끗한 사람의 모습 같은 것이 보임을 느꼈다. 보이다가 안 보이다가 하지만 틀림없이 사람인 것 같은 느낌이었다. 한켠에 앉아 있으면서 옷자락이 보이다가 말다가 하는 것 같았다. 아마도 도포자락이 바람에 날리는 것 같았다.

'이 추운 날씨에 저곳에 앉아 있는 사람은 누구일까? 혹시?'

진화는 동막 선생이 아닐까 하는 생각을 하여 보았으나 그럴 리가 없다고도 생각하였다. 일전에는 동막 선생이 중턱에 올라와 계신 적이 있었으나 저렇게 높은 곳에 올라가 계실 만큼 근력이 있으신 분은 아닐 것 같았다. 팔십이 다 되신 노인이 저러한 곳에 올라가실 일이 있을 것 같지 않은 것이다.

단화산이 언뜻 보는 것처럼 그렇게 만만한 산이 아닐 뿐더러, 자신도 그 높은 단화산 정상을 거의 다 올라간 곳에까지 올라갈 수도 없을 것 같을 뿐만 아니라 이맘때에 올라갈 생각도 없었다. 궁금한 바가 없지 않으나 오늘은 이만큼에서 돌아가는 것이 좋을 것 같다는 생각이 드는 것이었다.

진화는 단화산 아래로 난 길을 돌아 집으로 향하였다. 단화산 옆을 돌아오던 진화는 저 멀리 앞에 누군가가 걸어가는 것을 발견하였다. 한 사람은 동막 선생 같은데 또 한 사람은 어른 같지 않게 키가 자그마한 것이 누군지 알 수 없었다.

진화는 저만치 앞에 가고 있는 그 자그마한 사람이 바로 지함인 것만 같았다. 걸음을 빨리 하여 앞사람을 알아볼 만큼 다가간 진화는 동막 선생과 동행하는 그 사람이 바로 지함인 것을 알아보았다. 멀리서 보기에도 지함이 아침에 가지고 나간 그 책을 옆구리에 끼고 있는 것이 지함이 분명한 것 같았다.

아무리 보아도 지함이가 확실한 아이가 동막 선생을 따라가며 이야기를 하고 있는 것이다. 지함이 동막 선생과 같이 이곳에 있다니? 무슨 이야기를 하고 있는지는 모르겠으나 둘이 너무나 자연스럽게 대화를 하면서 걸어가고 있는 것이다. 진지한 대화를 하면서 주위에는 전혀 신경을 쓰지 않고 있는 것 같았다.

'어찌할 것인가? 아직 저들이 나를 알아보지는 않은 것 같다. 내가 나타난다면 두 사람의 대화를 방해하는 것밖에 더 되겠는가? 그냥 돌아간다면 저들에게 더 이상 방해될 일이 없을뿐더러 내가 여기에 와 있다가 간 것도 모를 것이 아니겠는가?'

진화는 발걸음을 돌리려 하였다. 허나 멀리 앞에 가던 동막 선생은 이미 진화가 이곳에 와 있다가 뒤에 따라오고 있음을 알고 있었던 것 같았다. 지함과 같이 발걸음을 늦추며 진화가 오기를 기다리는 것으로 보였다. 지함 역시 진화가 뒤에 있음을 알고 있는 것 같다는 생각이 들었다. 진화가 옆길로 들어서려 하자 동막 선생이 돌아보면서 진화를 부르는 것이었다.

"여보게, 어디로 가려 하는가? 이리 오게."

진화는 다시 발걸음을 옮겨 동막 선생에게로 갔다. 진화가 다가온 것을 본 동막 선생은 진화에게 말을 걸었다.

"어쩐 일인가?"
"저는 훈장님을 뵈러 갔다가 다시 집으로 돌아가는 길이옵니다. 훈장님께서는 어인 일이시옵니까?"
"보면 모르겠는가? 지함에게 천하의 이치를 알려 주는 길일세."
"천하의 이치라니요?"
"천하의 이치라는 게 별다른 게 있겠는가? 이렇게 돌아다니며 살펴보다 보면 천하의 이치가 나오도록 되어 있네."

진화는 알 것도 같고 모를 것도 같았다.

"예……."

"천하란 것이 원래 둘이 아니고 하나일세. 우리가 보기에 하늘과 땅으로 나뉘어 둘인 것처럼 보이지만 사실은 하나인 것이거든. 그것이 하나란 것을 깨닫고 나면 이 세상이 작아 보이는 것이지. 이 세상이 작아 보여야 쉽게 깨달을 수 있지. 자네는 지금 이 세상이 커 보이는가? 작아 보이는가?"

"한없이 커 보입니다."

"그것이 작아 보여야 하는 것이네."

"예……?"

"이 세상은 전부가 아닐 뿐더러 우주의 아주 일부이기도 하지. 그 우주의 아주 일부로 존재하는 이 세상에 살고 있는 우리 인간이 또 우주의 전부이기도 하지."

저 끝없이 넓어 보이고 있는 이 세상이 작아 보여야 하며, 인간이 또 하나의 우주라니? 진화는 동막 선생이 무슨 말씀을 하고 계시는지 알 수가 없었다. 저분이 말씀하시는 것이니 거짓말은 아닐 것이다. 헌데 도대체 평소의 동막 선생과 다른 말씀을 하고 계시는 것이다.

진화는 순간적으로 생각해 보았으나 지금 답을 구할 수 있는 문제가 아닌 것 같았다. 갑자기 말이 막혀 지함을 내려다보았으나 지함은 빙긋이 웃고 있는 것이 아니겠는가? 웃음의 의미가 알고 있음을 뜻하는 것이라고밖에는 생각할 수 없는 웃음이었다. 저 녀석이 아비를 비웃은 적이 없을 뿐만 아니라 본래 아비를 비웃을 수 있는 아이가 아닌 것이다.

'저 녀석이 무엇을 알고 있는 것인가? 아니면 이 부분에 관하여 이미 답을 깨우쳤다는 것인가?'

진화는 동막 선생에게 문의할 것이 아닌 것 같았다. 나중에 지함과 이야기해 보리라.

"훈장님, 오늘은 잘 모르겠습니다. 차차 연구해 보겠습니다."
"그러세. 자네도 이제부터 기운을 연구해 보는 것이 어떤가?"
"그리하도록 하겠습니다."
"이제부터는 기운을 모르면 안 되는 세상이 올 것이네. 자네는 그 중에도 특히 기운을 모르면 안 될 사람이지."
"예……."

무슨 말씀이신지 알 것도 같고 모를 것도 같았다. 오늘은 어려운 말씀만 하시는 것 같았다. 전에부터 동막 선생의 지식의 깊이를 알 수 없다는 생각을 하여 왔으나 최근 들어서는 더욱 안개 속처럼 짚을 수 없는 그 무엇인가를 느끼고 있는 것이었다.

'기운이라······.'

기운이 무엇인가? 기운으로 할 수 있는 것이라면 무엇이 있을 것인가? 전에도 그러한 생각을 해 본 적이 없는 것은 아니지만 전혀 생각이 나질 않았다. 우선 기운이 무엇인가에 대한 이해가 없는 것이 문제였다. 본 적도 있고 나름대로 느껴 본 것 같으나 그 실체를 분석해 보기에는 아직 부족한 부분이 너무 많았다.

'나는 아무것도 모른다. 내가 알고 있다고 생각하였던 것은 사실은 지금 부딪친 문제에 대하여 답을 줄 수 있는 것은 아니다. 허나 지함은 알고 있는 것 아닌가?'

진화는 지금은 더 이상 물어볼 때가 아님을 생각하고 돌아가기로 하였다.

· 120 ·

"지함은 나와 공부를 더 하여야 할 것 같네. 자네가 허락해 주겠는가?"
"허락이라고 할 것이 있겠습니까?"

무슨 말씀을 하고 계시는가? 지금도 공부를 가르치고 계시지 않는가? 선생의 표정을 올려다보자 엄한 표정인 것이 농담이 아닌 것이다. 그렇다면 지금의 공부가 아닌 무슨 다른 공부를 시키시겠다는 것인가?

이때 진화의 머리를 치고 지나가는 것이 있었다. 그 말씀을 하고 계시는 것이 아닌 것이다. 지함을 어디론가 데리고 가서서 공부를 가르치시겠다는 말씀이신가?

"그러하네. 바로 그것이네. 지함이 지금 이대로 공부를 하여서는 따라갈 수가 없네. 내가 좀 데리고 있어도 되겠는가?"

동막 선생이 진화의 생각을 읽으신 것이다.

"지함은 할 일이 많네. 다른 사람과 달리 이 애는 할 일이 많은 아이일세. 이미 나와는 이야기가 되었으나 자네와 이야기를 못 나누었네. 오늘 자네의 말은 허락한 것으로 알겠네."
"…… 아……, 예……."
"지함은 앞으로 많은 공부를 하여야 하네. 그 공부는 자네에게도 많은 도움이 될 걸세."
"예."
"공부란 무릇 세상에 도움이 되는 공부라야 하지. 세상에 도움이 되지 않는 공부라면 쓸모가 없네. 공부뿐만이 아니라 무엇이든지 세상에서 쓸모가 있어야 하지. 특히 사람이라면 이 세상에서 쓸모가 있어야 하네. 다 쓸모가 있으되 큰 그릇은 크게, 작은 그릇은 작게 써먹을 수 있어야 하는 것이네. 자네도 그렇지만 지함은 아주 큰 그릇이니 크게 써먹을 수 있어야 할 것이네."

"예……."

진화는 지함이 그렇게 큰 그릇이라고 생각해 본 적이 없었다. 평소 다른 아이들과는 무엇이 좀 다른 것 같다는 생각은 많이 하였으나 동막 선생이 보기에도 그리 큰 그릇일 것이라고는 생각지 못한 것이었다.

동네의 다른 아이들과 좀 다른 구석이 있음을 알고는 있었으나 그것이야 김진사네 막동이나 박참봉네 둘째도 나름대로 상당히 똑똑한 아이들이 아니던가? 그럼에도 불구하고 동막 선생이 지함을 지목한 것이었다. 지함의 어떠한 면을 보고 그리 생각을 하셨단 말인가? 정말로 지함이 그렇게 쓸모가 있는 큰 그릇이란 말인가?

"자네는 매일 보니까 지함이 그렇게 큰 그릇임을 모를 것이네. 하지만 하늘은 알고 있지. 하늘이 큰 그릇을 만들 때는 다 큰일이 있을 것임을 예정하고 만드는 것이네. 큰일이란 당장 큰일일 수도 있고 다음에 큰일이 될 수도 있으나 언제든 하늘이 필요로 할 때 사용할 수 있어야 하므로 적시에 내려보내는 것이지."

그런데 왜 하필 지함이란 말인가? 다른 많은 아이들을 놓아두고 지함이 그 일을 감당하게 되었단 말인가? 아마도 큰일이란 힘드는 일일 것이었다. 그 힘드는 일을 지함이 하여야 한다니! 이 아이가 진정 그러한 일을 할 수 있는 아이일 것인가?

"못난 사람 같으니. 어찌 그런 하찮은 생각을 하고 있는 것인가?"

진화는 순간적으로 부정(父情)에 얽매어 대의를 놓치고 있음을 알았다. 지함이 큰일을 할 수 있다면 가문의 영광일 것이다. 헌데 어찌 곁에 두고 볼 수 없음만 안타까워할 것인가?
아비로서 자식이 큰일을 하는 것을 어찌 싫어할까마는 잠시 인간적인 정리에 마음을 앗겼던 것이다. 큰일을 할 수 있는 기회를 흘려보낼 수는 없는 것이었다. 그 기회를 인간이 만들어서라도 하여야 할 것인데 지금 지함에게는 하늘이 만들어 내려보내 준 것이다. 엄청난 일이 앞에 있는 것인가?

"자네가 거기까지 생각할 것 없네. 그 일은 지함의 일이네. 자네는 이 아이가 공부를 할 수 있도록 뒷바라지만 하여 주면 되네."
"예, 훈장님."
"사람의 일 중에 사람의 일이 있고 하늘의 일이 있네."
"자네가 하는 일도 하늘의 일이라면 하늘의 일일세. 어떤가? 지함을 공부하도록 하겠는가?"
"예, 여부가 있겠습니까? 그리하도록 하시지요."

"그래야지. 암, 그러고 말고."

동막 선생은 지함을 내려다보며 당연하다는 듯 고개를 끄덕였다. 선생과 아버지의 대화를 듣고 있던 지함은 두 분이 자신에 대하여 이렇게 중요한 대화를 나누고 있음에도 얼굴에 아무런 표정이 없었다. 이 세상의 일에 대하여 어느 정도 달관한 표정인 것도 같았다.

진화는 도저히 아이의 얼굴에서 나타날 수 없는 표정이라는 생각이 들었으나 이 자리에서 물어볼 수는 없는 노릇이었다. 이 세상에는 내가 모르는 일이 너무나 많다. 어찌 모든 것을 안다고 할 수 있을 것인가? 아니 모든 것은 고사하고 일부도 모르는 것 같았다.

세상은 너무나 넓다. 그 넓은 세상에서 자신의 자국은 어디에서도 찾을 수 없는지도 모른다. 이 넓은 세상의 일 중 자신이 최근 겪은 일들은 누구에게 설명할 수도 없을 만큼 기이한 일이 아니던가?

아마도 동막 선생은 알고 계실 것이었다. 어쩌면 자신이 알고 있는 분들 중 그러한 내용을 아시는 유일한 분이 아닐까? 진화는 그런 생각을 하며 선생을 바라보았으나 선생은 아는지 모르는지 지함과 단화산만 바라보고 계셨다.

"자, 가세. 자네도 들어가야 할 것이 아닌가? 나는 지함이와 다녀올 곳이 있네."

"알았습니다."

"자, 아버님께 인사 올려야지."

"아버님, 너무 걱정하시지 마시옵소서."
"그래, 알았다. 열심히 공부 잘하고 조심하도록 해라."
"알았습니다."

지함은 동막 선생이 어딘가 가자고 하였음에도 전혀 두려움이 없었으며 아버지와 얼마간 떨어져서 공부를 하여야 할 것임에도 서운하다거나 하는 감정이 없었다. 마치 모든 것을 당연히 받아들이는 것이었다. 너무나 자연스러운 표정이었다. 아이로서 있을 수 없는 행동이라는 생각이 들면서도 진화는 한편으로는 서운한 감정이 솟아오름을 느꼈다.

"세상은 넓고 배워야 할 것은 많네. 집에만 있은들 무엇을 익힐 수 있겠는가?"
"허면 무슨 준비라도 하여야 할 것이 아닌지요?"
"무슨 준비가 필요하겠는가? 몸만 가면 되네. 자네는 요즈음 공부를 하면서 무엇이 필요하던가?"

그랬다. 무엇이든 평소의 상태에서 갑자기 나타나고 겪고는 그대로 돌아오곤 하였다. 무슨 준비가 필요한 일이 아니었다. 있는 그대로 당하는 일이었고 그대로 경험을 구하곤 했다.

"아, 예."

"아직도 물어볼 말이 더 남았는가?"
"아닙니다. 다녀오시옵소서."
"걱정하지 말게. 지함은 오히려 자네를 더 걱정하고 있네."
"그렇사옵니다. 아버님, 저는 걱정하지 마시옵소서."
"그래, 알았다. 다녀오도록 해라."

· 121 ·

진화는 지함을 보내면서 아까보다는 마음이 편해짐을 느꼈다. 지함의 표정이 진화를 그렇게 만든 것이었다. 어린아이가 부모를 떠날지도 모르는 상황에서 어찌 저렇게 마음이 편하단 말인가? 대범한 면이 있는 아이라고 할지라도 이러한 상황에서 저리도 편안한 얼굴을 할 수 있단 말인가?

저는 걱정하지 말라고 말하고 있지 않는가? 그렇다면 현재 자신의 처지를 모르고 하는 말이라고는 할 수 없지 않은가? 다 알고 있으면서 저리도 편안한 얼굴을 한단 말인가?

지함을 내려다보던 진화는 갑자기 무엇엔가 맞은 것 같은 충격을 느꼈다. 아이의 눈이 너무 맑은 것이었다. 맑고도 이루 헤아릴 수 없을 만큼 깊었다. 어쩌면 겨우 일곱 살밖에 되지 않은 아이가 저리도 깊은 눈을 가지고 있단 말인가? 매일 보면서도 보지 못했던 아이의 눈을 지금 다시 본 것이다.

아직까지는 저렇게 깊은 눈을 나에게 보여 준 적이 없었다. 오늘에야 저 아이가 저런 깊은 눈을 보여 준 것이다. 아니 보여 주려 한 것은 아닐지 모르지만 내가 본 것이다.

진화는 지함의 눈을 통하여 무엇이든 볼 수 있을 것 같았다. 이 세상의 모든 기운이 지함의 눈을 통하여 여과되어 더없이 맑은 기운으로 다시 태어날 수 있을 것 같았다. 인간의 눈이 아니었다.

'하늘의 눈'

하늘의 눈을 본 것이다. 동막 선생은 저것을 알고 있을까? 진화가 키우면서도 보지 못했던 지함의 눈을 동막 선생은 알고 있는 것일까? 아닐 것이다. 지함이 동막 선생을 만나면서 무엇을 배웠고 그 결과 저러한 눈이 되었을 것이다.

지함의 눈에 비하면 자신의 눈은 썩은 동태눈에 비할 수 있을 것 같았다. 평소에 무엇을 알고 있다고 생각하던 자신이 지함의 눈을 보는 순간 정말로 창피함을 느낄 정도로 무력감을 느낀 것이다.

"그렇게 생각할 것 없네. 내다보아서 무엇을 어쩔 것인가?"
"아-. 아닙니다. 그저……."
"이 세상은 보아서 좋을 것이 있고 나쁠 것이 있지. 볼 것만 본다면 그것으로 족한 것일세."
"네."
"자네가 보지 못하는 것이 무엇이라고 생각하는가?"

"아마도 많을 것이옵니다."
"그래, 그것을 보아서 무엇을 할 것인가?"

'그렇다. 보아서 무엇을 어찌할 것인가? 나의 능력으로는 할 일이 없을지도 모른다. 나보다 더욱 뛰어난 사람들이 태어나서 살다가 죽어갔으면서도 세상은 이렇게 어지럽고 혼란스러운 면을 가지고 있지 않은가?'

"아마도 할 일이 없을지도 모르겠습니다."
"알 것만 알면 되는 것이네. 그 알 것이 무엇인가를 아는 것만으로도 중요하다고 할 수 있지."

그런 것 같았다. 알 것만 알기에도 시간이 부족한 것이었다. 아니 알 것만 알려 하면 시간이 필요한 만큼 주어졌을지도 모르겠다. 하지만 대부분의 인간들이 필요 없는 것을 알려 하다가 중요한 시간을 다 보내고 허둥대고 있는 것이다.

왜 이런 생각을 지금에야 하게 되었을까? 지금까지 자신만은 모든 것을 다 안다고 생각하였었는데 왜 이렇게 순간적으로 초라해져 버린 것인가?

일곱 살, 길을 떠나다

· 122 ·

어느덧 해가 저물고 있었다. 지함은 동막 선생을 따라갈 것이다. 진화는 두 사람을 다른 길로 보내고 혼자 집으로 돌아가야 하는 허전함을 느꼈다. 찬바람이 솔솔 불고 있었다. 옷깃을 여미게 하는 계절에 아이가 얼마나 견디어 낼 것인가?

하늘은 맑았으나 그 맑은 늦가을 하늘이 더욱 을씨년스러워 보이는 것이었다. 이제 이 아이는 자신의 길을 갈 것이다. 겨우 일곱 살에 벌써 자신의 길을 가는 것이다.

'나는 몇 살에 나의 길을 갔는가? 지금까지 나의 길을 갔다고 할 수 있는가? 무엇을 찾아서 살았으며 무엇을 추구하고 살았는가? 아버지의 그늘에서 그저 내려 받기만 하였을 뿐 효도를 한 적이 있었는가? 또 이 아이한테는 무엇을 해 주었는가?'

진화는 아직 이 아이 외에는 자식다운 자식을 가졌다는 느낌이 없었다. 이 아이 위로도 두 아이가 있었으나 아버님께서는 마치 다른 손자는 없는 것처럼 행동하셨다. 이 아이가 태어나고 아버님은 손자를 가졌다고 하였으나 그 전에는 그러한 이야기를 들어 본 적이 없었다. 아버님께서 두 손자를 더 두었음에도 이 아이만 손자로 생각하신 것은 어쩌면 하늘의 뜻을 알고 계시던 아버님께서 무엇을 기다리고 계셨던 것이 아니겠는가?

아버님께서 자신이 두 아들을 먼저 낳았음에도 손자가 없는 것처럼 행동하셨던 것에 대하여 오늘날까지 설명할 길이 없었던 진화는 지금에야 마음에 짚이는 바가 있었다.

아버님께서 자신이 지함을 낳고 나서 너무나 동네가 떠들썩하도록 기뻐하신 것에 비하면 그 전의 아이들이 태어났을 때는 무반응으로 일관하셔서 동네 사람들까지도 이상하게 생각하지 않았는가?

아버님께서는 오직 지함만이 손자인 것처럼 행동하셨다. 그것이 너무나 외부로 드러나도록 행동하심으로써 다른 아이들의 앞날이 걱정이 될 정도가 아니었던가? 다른 아이들도 차분하기는 마찬가지이며 공부 역시 잘하였으나, 지함만큼 설명할 수 없는 그 무엇은 없었다.

아버님께서 다른 아이들에 대하여서는 일체 언급이 없으셨으나 지함에 대하여서만 이야기하셨던 것에 대하여 오늘 동막 선생을 따라가는 지함의 눈동자가 답을 주고 있었다. 진화는 어느덧 어린 지함에게 마음속으로 의지하는 부분까지도 있는 자신을 발견하고는 놀라곤 하였다.

'내가 나이가 한두 살도 아닌데 어린 지함에게 의지한단 말인가?'

그러나 지함의 꼭 집어낼 수는 없으나 어른스러운 그 무엇을 보면 그것이 무엇인가 설명할 수는 없어도 그러한 자신을 나무랄 수만도 없었다. 하여튼 설명할 수 없는 그 무엇인가를 가지고 있는 지함은 진화에게도 숙제였다.

오늘 동막 선생은 지함을 데리고 가시면서 평소에는 보지 못하였던 그 무엇을 지함의 눈을 통하여 보여 준 것이다. 말 없는 가운데 지함의 눈을 본 진화는 그 눈이 의미하는 바를 알 것 같았다.

진리, 바로 엄청난 진리를 뜻하는 것 같았다. 그렇지 않고서야 저리도 맑을 수가 있단 말인가? 진리가 아니면 불가능한 세계를 보여 주고 있는 것이다. 오직 진리만이 가능한 세계.

진화는 오늘이 자신의 일생에서 가장 의미 있는 하루가 된 것 같았다. 자신의 자식이 하늘로부터 인정을 받은 것 같은 느낌을 받은 것이다.

'하늘'

과연 하늘은 나에게 어떠한 존재인가? 자식을 하늘에 바치는 나는 나중에 무엇을 받을 것인가? 나의 길을 걸어오면서 자신도 그렇게 처지는 삶을 살았다고는 볼 수 없다. 허나 하늘의 선택을 받았다고는 할 수 없는 것 아닌가?

하늘의 선택을 받고 아니고를 무엇으로 알 것인가? 누구든 하늘의 사람이라고 할 수도 있을 것이다. 그러나 사람이 다 하늘의 사람이 아닌 것은 어떠한 일을 하는가에 달려 있는 것 아닌가?

사람으로 태어난다는 것이 쉽지 않다는 것은 알고 있다. 허나 그 중에서도 하늘의 사람으로 태어난다는 것은 그만큼 큰일을 하여야 한다는 것 아니겠는가? 그만큼 큰일이란 어떠한 일일까? 하늘의 법도를 인간 세상에 펴는 일일까? 하늘의 법도를 어찌 알 것인가? 안다고 한들 어찌 펼 것이며, 그 펴는 것에 대한 심판을 어떻게 받을 것인가? 또 그것이 한 사람의 힘으로 가능할 것인가?

진화는 머릿속이 복잡해져 감을 느꼈다. 허나 오늘 전부 알아야 할 일은 아닐 것이다. 지금까지 몰랐던 일을 어찌 이러한 상황에서 갑자기 알 수 있을 것인가? 순간에 많은 생각이 머릿속을 훑고 지나갔다.

· 123 ·

앞에는 동막 선생이 지함을 데리고 발걸음을 옮기고 있었다.

"안녕히 가시옵소서."
"그래, 자네도 가 보게."
"예, 알았습니다. 지함이도 훈장님께 열심히 배우거라."
"예, 아버님. 너무 걱정 마시옵소서."
"자, 그럼 가 보게."
"예, 자주 찾아뵙겠습니다."
"얼마간 없을지도 모르겠네. 돌아오면 연락 줌세."
"알았습니다."
"너무 걱정 말게."
"걱정이 되는 것은 아닙니다만……."
"자네 얼굴에 쓰여 있네. 마음 놓고 기다리게. 좋은 소식이 있을 것이네."
"예."
"자. 아버님께 인사 올리고 어서 가자."

"예."

지함은 진화를 향하여 땅에 엎드려 큰절을 올리고는 다시 일어나서 아버지를 쳐다보았다. 다시 아이의 천진한 얼굴로 돌아가 있었다. 저 아이가 어찌 하늘을 알 것이며 그 힘들 것으로 생각되는 하늘의 공부를 할 수 있을 것인가?

하지만 동막 선생이 가능하다고 하신 일이니 할 수 있을 것 아니겠는가? 아마 사형도 있고 사제도 있을 것이다. 어디서 오셨는지는 모르지만 동막 선생 같은 분의 문하에 어찌 혼자만 있을 것인가? 많은 선후배들이 있을 것이다. 그 사람들 역시 지함과 같은 길을 걸어갈 것이 아니겠는가? 그렇다면 걱정은 하지 않아도 될 것이다.

그러한 어마어마한 일을 어찌 혼자 할 수 있으며 혼자서 될 수가 있단 말인가? 내가 걱정하지 않아도 될 일일 것이다. 나는 나의 일만 잘하면 될 것이 아니겠는가?

나의 일이란 무엇일까?

제4막__선화공(仙畵功)

하늘공부를 하려면 하늘로 가야 하지 않겠느냐?

· 124 ·

진화가 머릿속이 복잡해져서 돌아오고 있을 때 지함은 동막 선생과 걸어가고 있었다. 지함이 알기에는 오늘은 서당으로 가고 다른 날 어디에 가서 공부를 하는 것으로 알고 있었으나 가는 길이 서당이 아니었다. 어디로 가는 것일까?

"훈장님, 어디로 가시는지요?"
"하늘공부를 한다고 하지 않았느냐?"
"예."
"하늘공부를 하려면 하늘로 가야 하지 않겠느냐?"

'하늘로 가다니? 그 말은 곧 죽는다는 말이 아니겠는가? 죽어서 어찌 공부를 할 수 있단 말인가?'

"하늘로 가지 않고 어찌 공부를 하겠느냐?"
"꼭 하늘로 가야만 하늘공부를 할 수 있는지요?"
"가지 않고 어찌 하늘공부를 한단 말이냐?"

하늘로 간다는 것이 자신의 생각과 같다면 부모님께 인사를 달리 하고 왔어야 하는 것이 아니겠는가? 하직인사를 그렇게 길에서 가볍게 하는 것이 아니었다. 어쩌면 다시 뵐 수 없게 될지도 모른다. 그런데 인사를 너무 소홀히 하고 왔다는 생각이 들었다.

하지만 이제 와서 다시 돌아가 인사를 하고 오겠다고 할 수는 없는 것이 아니겠는가? 난감한 노릇이었다. 금방 지함의 얼굴은 걱정하는 빛으로 가득하였다. 이것을 내려다보고 있던 동막 선생은 웃으며 지함을 불렀다.

"너무 걱정하지 말도록 해라."
"어찌 다른 방법이 없겠는지요?"

"하늘로 가는 것 말고 어떠한 다른 방법이 있겠느냐? 너 같으면 가지 않고 어떠한 방법이 있겠느냐?"

"잘은 모르겠으나 가지 않고 할 수 있는 길이 있다면 그렇게 해 보고 싶습니다."

"그것 말고는 길이 없다."

지함은 난감하였다. 그러나 이렇게 된 바에야 다른 방법을 찾을 수밖에 더 있겠는가? 허나 지금 이 상황에서 어떠한 해답을 찾을 수 있겠는가? 오직 모든 선택을 스승님에게 맡긴 것이다.

더욱이 자신의 지식은 한정되어 있다. 이미 일가를 이룬 것으로 보이는 스승님에 비하면 자신이 알고 있는 것은 지식이라고 할 수도 없는 것이 아니겠는가? 일곱 살의 나이로 아무리 생각을 해 보아야 더 이상 자신이 할 수 있는 일은 없을 것 같았다. 그렇다면 스승님의 뜻을 따라가 보아야 할 것이다.

남아가 태어나서 큰 뜻을 품었으면 그 일을 하고 가야 할 것이 아니겠는가? 그 일을 해 보지도 않고 머뭇거리고 있는 자신이 초라해 보였다.

'이렇게 망설이는 것은 남자의 할 일이 아니다. 더구나 큰일을 하겠다고 스승님께 맹세한 내가 아니던가? 그래서 아버님께서도 선선히 허락을 해 주신 것 아닌가? 그런데 이렇게 못난 생각을 하고 있다니…….'

· 125 ·

 동막 선생은 서너 발자국 앞에서 말없이 걷고 있었다. 지함은 뒤에 따라가며 동막 선생의 뒷모습을 바라보았다. 2년여를 선생에게 학문을 공부하여 왔으며 지금도 이렇게 스승과 대화를 나누고 있음에도 지금껏 뒤에서 따라가며 보기는 처음인 것 같았다.
 스승의 뒷모습에서는 무엇인가 설명할 수 없는 거대함이 풍기고 있었다. 산맥을 대하는 느낌이었다. 넘어갈 수 없을 것 같은 생각이 드는 산의 줄거리……. 멀리 보이면서도 그 힘이 우렁찬 엄청난 힘을 내재한 것 같은 느낌이 드는 산맥을 보는 느낌이었다. 선생의 느낌이 이렇게 거대하게 와 닿기는 또 처음이었다.
 지금의 느낌대로라면 사람이 아니라 어떠한 지형지물을 바라보는 느낌이었다. 그 안에는 어떠한 것들도 들어 있을 것 같은 느낌을 주고 있었다. 지함이 순간적으로 과연 이분이 자신이 매일 대하던 그 동막 선생이 맞는 것인가에 대하여 의문을 품을 정도로 뒤에서 바라보는 선생의 이미지는 달랐다.
 앞에서 바라볼 때의 인자하고 자상하면서도 엄격하던 선생의 이미지는 그렇게 거인다운 풍모는 아니었다. 헌데 지금 바라보고 있는 선생의 이미지는 전혀 다른 것이었다. 한 사람의 이미지가 이렇게 달리 전달될 수도 있는가 하는 생각이 어린 지함의 머리를 스치고 지나갔다.
 지금까지 자신이 대해 왔던 선생의 이미지는 뒤에서 바라보는 지금 전혀 그 자취를 찾을 수 없었다. 아주 다른 분이 걸어가고 계시는 것 같았다.

저 멀리 앞을 보자 그리 크지 않은 산이 보였다. 그 산이 평소에는 만만치 않아 보였으나 지금 선생의 느낌을 받은 순간 아주 작은 산과 같아 보였다. 선생의 이미지는 엄청난 산맥과 같은, 어찌할 수 없을 것 같은 거대함을 지함에게 주고 있었다.

선생의 뒷모습에서 약간 옆으로 비켜서서 멀리 있는 산을 바라보자 더욱 작은 산으로 보였으나 선생의 뒤로 들어가면서 선생의 뒷모습을 보자 다시 큰 산맥을 대하는 기분이었다. 선생은 무슨 생각을 하는지 아무런 말이 없이 걸어가고 있었다.

아무런 소리도 들리지 않는 가운데 저벅, 저벅, 선생의 걸음 걸으시는 소리만 들리고 있었다. 평소에 선생과 함께 다닌 적이 있으나 이렇게 발자국 소리가 크게 들린 적 역시 없었다. 오늘은 선생이 왜 이렇게 다른 모습으로 자신에게 비치고 있는지 알 수 없었다. 어쨌든 평소와는 전혀 다른 모습이었다.

선생은 뒷모습으로 지함에게 무엇인가를 전달하고 있는 것 같았다. 어린 지함의 불안함을 덜어 주려는 듯 자신의 본래 모습을 드러내고 있는 것 같았다.

'이런 면이 있으셨다니?'

선생의 걸음이 빨라지고 있었다. 서너 걸음 뒤에서 걷고 있었던 자신이 열 걸음 이상 뒤처지고 있었다. 멀리서 바라보는 선생의 모습은 더욱 든든하면서도 푸근함을 주고 있었다. 지함은 한편으로는 푸근함이 배어 나오는 선생의 뒷모습에서 마음 한켠에 안도감이 들어 숨을 크게 한 번 쉬고 배에 힘을 주었다.

'가리라. 어디든지 가리라. 선생께서 가시는 길이라면 못 갈 것이 없지 않겠는가?'

지함은 갑자기 자신의 마음이 든든하게 바뀌는 것을 보고 자신도 놀라고 있었다. 스스로 이렇게 마음이 변한 것은 바로 선생의 뒷모습을 보았기 때문이 아니겠는가? 선생이 뒤를 돌아보면서 지함을 불렀다.

"어서 오지 않고 웬 생각이 그리 많으냐?"
"예, 가겠습니다."

· 126 ·

선생의 뒤를 따라가면서 지함은 자신의 부족함을 심각하게 느끼고 있었다. 선생의 모습은 인간의 모습이 아니고 설명하지 못할 거대한 실체 그 자체였다. 움직일 수 없을 만큼 거대하고 장대한 그 무엇이었다. 이렇게 큰 실체를 느껴 본 적이 없었다.

과연 이것이 선생의 모습인가? 내가 지금까지 보고 느끼며 글을 배워 왔던 그분은 누구이신가? 너무나 다른 모습이었다. 자신의 왜소함이 가슴을 치며 다가왔다.

'나는 너무나 많은 것을 배워야 할 것이다. 과연 내가 배울 수 있는 것일까?'

지함은 우선 스승의 그 거대함에 놀라고 있었다. 보이는 것은 작았지만 느낌으로 다가온 스승의 뒷모습이 압도하는 바가 너무나 엄청나 설명이 불가능할 지경이었다.

'내가 어려서 그런 것인가?'

그런 것 같지는 않았다. 아무리 자신이 어려도 느끼는 것은 연령을 초월하는 것으로 생각이 되는 것이었다. 사람이라면 누구나 느낄 수 있는 부분을 느낀 것 같았다.
이분이 과연 나의 스승인가? 이분이라면 무엇이든 배울 수 있을 것이다. 아무리 적게 배워도 상당한 것을 배울 수 있을 것 같은 생각이 들었다.
나의 그릇이 작아서 배우지 못하는 바는 있을지라도 스승이 알려주지 못하여 배우지 못하는 경우는 없을 것 같았다. 모름지기 스승이란 이 정도는 되어야 할 것 같았다. 만약 내가 공부를 하여 스승이 된다고 하였을 경우 저러한 모습을 보일 수 있을 것인가?

　스승의 자태를 보면서 스승이란 것도 하늘이 내는 것이 아닌가 하는 생각이 들었다. 그렇지 않고서는 저렇게 감히 인간이 접근하지 못할 정도의 위엄이 살아 나올 수 있을 것인가?

　금생의 자신은 정말 엄청난 혜택을 받고 태어난 것이라는 생각이 들었다. 서당은 앞으로 동막 선생이 가르치지 않는다고 들었다. 전에 동막 선생의 제자로서 글을 배웠던 다른 훈장이 동막 선생의 뒤를 이어 이 마을에서 글을 가르치게 될 것이라는 말이 돌았었다.

　하지만 선생은 자신이 떠난다는 사실을 누구에게 공식적으로 밝힌 바가 없었다. 그렇다면 나는 선생께 오늘부터 개인적으로 지도를 받는 것인가? 이렇게 엄청난 스승으로부터 글은 물론이고 다른 것들을 지도 받을 수 있다니! 이러한 영광이 있을 수 없었다.

　자신만이 선택된 것이다. 다른 학생들도 많이 있었다. 헌데 내가 선정되다니! 지함은 감격하여 다시 한 번 스승을 우러러보았다. 스승은 가까이에서 자신을 따라오라고 하고 있었다. 스승의 모습을 다시 대하는 순간 지함의 가슴을 치고 지나가는 것이 있었다.

　'그렇다. 이러한 것이 바로 하늘이 내려 준 기회가 아니겠는가? 이 기회를 놓치고 나면 내가 다시 이러한 기회를 맞이한다는 것은 쉽지 않을 것이다. 열심히 배우자. 어떠한 일이 있어도 낙오하지 않으리라.'

지함은 부모의 곁을 떠나온 것을 잊을 정도로 스승의 위엄에 압도되었다. 그리고 감격스러웠다. 내가 선생께 가르침을 받다니! 그렇다면 수제자가 되는 것인가?

'수제자'

이제껏 글 속에서나 보아 왔던 단어였다. 그 단어를 지금 아주 가까이에서 느끼고 있는 것이다. 그 단어가 지금 내 것이 되려 하고 있다. 내가 지금 앞에서 걸어가고 계시는 선생의 수제자가 되는 것인가? 지함의 가슴은 마구 뛰었다. 얼굴이 상기될 정도로 지함은 흥분하고 있었다.

"무슨 쓸데없는 생각을 하고 있는 것이냐? 어서 오지 않고?"

지함은 스승의 나무람을 들으면서도 흥분됨을 감출 수 없었다. 어서 오라고 하시는 말씀은 가르침을 주시겠다는 말씀이 아니겠는가?

'그래, 가야지. 그리고 스승님의 가르침을 나의 것으로 하여야겠다.'

지함은 마음을 다지면서 다시 한 번 걸음을 빨리 하였다.

스승님이 사라지다

· 127 ·

"그렇게 걸음이 느려서야 어찌 공부를 제대로 할 수 있겠느냐? 빨리 오지 않고. 걸음걸이부터 다시 배워야겠구나."

지함은 그러고 보니 스승의 걸음걸이가 빨라진 것을 느꼈다. 어지간히 걸어가서는 따라갈 수 없을 만큼 걸음걸이가 빨라진 것이다. 지함은 뛰다시피 하여 스승을 따라갔다. 허나 스승의 걸음걸이가 더욱 빨라지는 것이었다.

"허허, 그래가지고서야 어찌 공부를 할 수 있겠느냐? 이 공부를 하기 전에 몸부터 다듬어야겠구나."

"헉- 헉. 조금만 천천히 가 주시옵소서."

"어린 놈이 무슨 힘이 그렇게도 없단 말이냐? 어서 오지 못하겠느냐? 아직 걸음걸이도 배우지 못했단 말이냐?"

"아니옵니다. 가는 데까지 가고 있사옵니다."

"그런 걸음걸이로는 공부를 할 수 없느니라. 하늘공부를 함에 어찌 그런 걸음걸이로 갈 수 있단 말이냐?"

"예--. 빨리 가겠습니다."

"배워도 한참을 더 배워야겠구나. 할 것은 많은데 그래서야 어찌 공부를 할 수 있단 말이냐? 하늘공부란 인간의 능력으로 할 수 있는 것이 아니니 각고의 노력이 필요한 것이다."

"할 수 있사옵니다."

"무엇을 할 수 있단 말이냐?"

"공부를 할 수 있사옵니다."

"이 공부가 무슨 공부인줄 알고 할 수 있다고 이야기하는 것이냐?"

"하늘공부인 줄 알고 있사옵니다."

"하늘공부가 뉘 집 개 이름인 줄 알고 있단 말이냐? 어찌 쉽게 그러한 말이 나올 수 있단 말이냐?"

"예……?"

"하늘공부가 무슨 하늘 천, 따 지를 공부하는 것으로 알고 있는 것이냐?"

"아닙니다."

"그럼 무슨 공부를 하는 것으로 알고 있단 말이냐?"
"무척 어려운 공부를 하는 것으로 알고 있습니다."
"얼마나 어려운 것인지 생각을 하고 있었느냐?"
"자세히는 생각해 보지 않았으나 대충 생각을 하고 있었사옵니다."
"대충 생각해서야 어찌 이 세상에서 가장 어려운 하늘공부를 하겠느냐?"
"……."
"좀 사람이 된 녀석인 줄 알았더니 아주 형편없는 녀석이로구나. 아직 멀었다."

아직 멀었다니? 그럼 하늘공부의 초입에서 스승님에게 다시 불합격된 것 아닌가? 이러다가 공부를 하지도 못하고 마는 것은 아닌가 하는 생각이 들었다.
그럴 수는 없었다. 이 공부가 어떤 공부인데 못한다는 것이 말이 되는가? 더욱이 여기에까지 와서 공부할 기회가 사라져 버린다면 나중에 어떻게 부모님을 뵐 것인가? 부모님은 고사하고 친구들을 볼 면목도 없어지고 말 것이다. 지금쯤은 내가 하늘공부 하러 갔다고 소문이 다 났을 것 아닌가?
지함은 조바심 속에 별걱정이 다 들었다. 언뜻 생각하기에도 지금 하늘공부를 못한다는 것은 자신의 일생에 치명적인 불명예이자 망신이 될 것 같았다.

'어차피 죽기 아니면 살기다. 해 보는 수밖에 없다. 지금 물러설 수는 없지 않은가?'

스승은 여전히 전혀 힘겨움이 없이 휘적휘적 걸어가고 있었지만 그 속도는 이상하게 빨랐다. 보기와 달리 보통의 어른이 천천히 뛰어가는 속도에 맞먹었다. 그럼에도 여유가 있어 얼마든지 더 걸음을 빨리 할 수 있을 것으로 보였다.

지함은 이를 악물고 스승의 뒤로 서너 걸음 이상 떨어지지 않기 위하여 발걸음을 빨리 하려 노력하였다. 그럼에도 자꾸만 스승을 따라잡기가 힘겨워지는 것 아닌가? 다리에 힘이 빠지고 숨이 가빠왔다.

그리 무겁지 않은 어깨에 멘 책보따리가 천근만근이었다. 악을 쓰고 발걸음을 옮기려 애서 보지만 어림없었다. 어디로 가고 있는지 주변을 살펴볼 여지가 없었다. 그저 스승의 뒷모습만 보고 악으로 발걸음을 옮길 뿐이었다.

입에서 단내가 났다. 숨을 너무 가쁘게 쉰 나머지 코가 시려지고 있었다. 평소 자신의 체력이 부족하다고 생각한 적이 없었건만 스승을 따라 걸은 지 얼마 되지도 않았는데 이것이 무슨 꼴이란 말인가?

일곱 살이면 나름대로 남자로서의 할 일을 할 수 있는 나이라고 생각해 왔다. 그러니까 '남녀 칠세 부동석(男女七歲不同席)'이란 말이 생긴 것 아니겠는가? 나도 이제 칠 세이니 한 사람으로서 구실을 다하여야 한다고 생각해 왔다. 그런데 겨우 서너 각(45분~1시간)도

못 되어 이러한 꼴이라니! 차라리 공부를 포기하여야 할 것인가?

아니다. 지금 와서 포기한다는 것은 나의 망신일 뿐 아니라 집안의 망신이다. 어찌 남자로 태어나서 그런 추한 꼴을 보일 수 있단 말인가? 차라리 사라져 버리는 것이 더 나을 것이다.

'어찌 이 이지함이 그런 못난 모습을 사람들에게 보일 수 있단 말인가? 안 된다.'

지함이 이처럼 마음먹은 것과는 달리 몸은 점점 느려지고 말을 듣지 않았다. 발은 무거워지고 허리까지 아파 왔다. 가슴이 쿵쾅쿵쾅 뛰었다. 그러나 이제 포기하기에는 늦었다.

'어찌 할 것인가? 갈 수 있는 데까지 갈 뿐이다. 갈 수 있는 데까지 가서 도저히 안 되면 그때는 포기하더라도 갈 수 있는 곳까지 가자.'

· 128 ·

한 시각(15분)을 더 걸어가자 지함은 도저히 갈 수 없는 지경에 이르렀다. 털썩 주저앉을 지경에 이르자 스승의 걸음이 조금 느려지는 것 같았다.

'아이구, 살았다. 이제 좀 천천히 걸어도 되겠구나.'

지함은 걸음을 약간 늦추었다. 헌데 느려지는 것처럼 보였을 뿐 느려진 것은 아니었다. 스승이 무엇인가를 살펴보며 걸어가고 있었다. 무엇인가? 옆을 보자 까마득한 절벽 아래 구름이 내려다보이고 있었다.

'언제 이렇게 높은 곳까지 올라왔단 말인가? 얼마 전까지 평지를 걷고 있지 않았는가? 이상할 일이다.'

지함이 내려다보자 까마득히 먼 산자락과 그 산자락의 중턱에 걸린 구름들, 그리고 그 산자락을 감싸고도는 강줄기가 내려다보이고 있었으나 너무 멀어서 어디인지 알 수가 없었다. 이렇게 높은 곳에서 내려다본 적도 없었거니와 지금 내려다보아서 알 수 있는 곳도 아니었다.

'어디인가? 어느 곳이기에 도저히 알 수 없는 곳에 와 있는 것인가?'

기억의 문제가 아니었다. 본 적도 있었으나 기억 안 나는 것이 아니라 본 적이 없는 곳을 내려다보고 있는 것이다.

갑자기 앞이 허전하였다. 무엇이 사라진 것인가? 커다란 나무나 바위가 없어진 것처럼 앞이 훤하였다. 앞을 살펴보자 깜짝 놀랄 수밖에 없었다.

조금 전까지 앞에 있던 스승이 보이지 않는 것이다. 마치 거대한 산맥이 사라져 버린 것 같았다. 내가 언제부터 스승을 그렇게 많이 의지하였던가? 이러한 것은 아까 스승의 뒷모습에서 너무나 큰 영향을 받았기 때문이 아니라 그동안 자신의 마음 깊은 곳까지도 완전히 스승의 영향권 아래로 들어갔기 때문이 아닌가?

스승이 잠시 보이지 않는 것이 너무나 허전한 것이다. 그 허전한 것이 마치 심장이 사라진 것 정도가 아니라 자신의 전부가 사라진 것 같은 것이다. 매일 앞에 보이던 커다란 하나의 산맥이 사라진 것 같았다.

'이렇게까지 허전할 줄이야. 스승님께서 차지하고 계시는 부분이 이렇게까지 클 줄이야.'

생각지 못할 정도로 빈자리가 컸다.

'어디로 가셨을까?'

사방을 둘러보자 절벽으로 둘러싸여서 어디로도 갈 수가 없는 것이었다. 천 길 낭떠러지였다. 내려다볼 수가 없을 정도로 까마득하였다. 언뜻 보기에도 수백 길은 될 듯한 낭떠러지였다. 어디로 어떻게 올라왔는데 이렇게 갑자기 절벽이 되어 버렸는가? 내려갈 수도 없는 처지가 된 것이다.

'나의 실력으로는 도저히 내려갈 수 없는 천길 낭떠러지…….'

저 아래 내려다보이는 곳까지 간다는 것은 지금 자신의 실력으로는 불가능할 뿐 아니라 가능하다고 해도 너무나 오랜 시간이 걸릴 것이다. 이 정도의 높이라면 올라오는 데만도 며칠이 걸릴 만큼 높은 곳이었다.

'이렇게 높은 곳을 어떻게 그렇게 금방 올라왔을까? 스승님은 어디로 가신 것일까? 그리고 올라올 때는 저녁때였는데 지금은 한낮이 아닌가? 시간이 거꾸로 흐르는 것일까?'

지함은 무엇이 어떻게 되어 가는 것인지 알 수가 없었다. 여러 가지 생각을 하고 있던 중 자신의 모습을 내려다보았다.

'과연 이것이 나의 모습인가?'

자신이 아닌 것 같았다. 커다란 키에 더부룩한 수염, 성인의 모습이 되어 있는 것이었다.

'아니, 언제 내가 이렇게 어른이 되었단 말인가? 이럴 수가 있는가?'

지함은 자신에게 일어나고 있는 변화를 받아들일 수가 없었다. 나에게 무슨 일이 일어났기에 갑자기 이리도 변화가 많단 말인가? 하늘공부를 하는 것이 아니라 무슨 요술에 걸린 것 같았다. 그 거대하던 스승님의 모습은 어디로 가고 자신만이 혼자 절벽 위에 앉아서 변화된 모습을 보고 놀라고 있는 것인가?

모든 것이 새로웠다.

신비한 그림

·129·

　전에 보지 못하던 것들이 눈에 들어오기 시작하였다. 강물이 그냥 강물이 아니고 모양만 강물인 것 같았다. 산 역시 모양만 산이었지 실제의 산이 아닌 것 같았다.

'이것이 무엇이란 말인가? 괴이한 일이로다.'

산의 모양새를 갖추었으되 산이 아니고 물의 모양을 갖추었으되 물이 아닌 이것을 무엇이라고 하여야 할 것인가? 자신도 처음 보는 것이었다. 산의 모양새를 갖추었으되 밟으면 밟히지 않을 것 같은 느낌이었으며, 물이 아니었으나 물인 것 같은 느낌만 올 뿐이었다.

가만히 보니까 산의 나뭇잎들이 바람이 불어도 흔들림이 없었으며, 물이 흘러 내려가지 않는 것이었다.

그림인 것 같았다. 그림이 너무나 사실적으로 그려져서 실제의 산이요, 물인 것처럼 느껴지는 것 같았다. 이럴 수가 있는가?

누가 그렸기에 이렇게 원근감이 느껴지도록 사실감이 나는 것인가? 정말로 그림인가?

그림이라면 내려가도 될 것이 아니겠는가? 그러나 자세히 보니 그림이 아닌 것도 같았다. 만약 내려가려고 걸음을 옮겼다가 정말 낭떠러지라면 어떻게 할 것인가?

그러고 보니 그림이 아닌 것도 같았다. 물 깊은 곳에 물고기들이 보이는 것이었다. 저 멀리 있는 강물의 물고기가 어찌 보일까마는 자세히 보자 언뜻 물고기 같은 것들이 보인 것이다. 이상한 일이었다.

그렇다면 다른 것들도 마찬가지가 아니겠는가? 저 아래쪽 산줄기의 바위 위에 솟아 있는 소나무 옆의 과일나무 잎을 보자 벌레 먹은 잎새가 보이는 것이었다. 이러한 일이 있을 수 있는가? 틀림없이 그림인데 당겨서 보면 당겨져서 보이는 것이었다. 그림인지 아닌지 확신이 서지 않는 것이었다. 그림이라면 이럴 수가 없을 것 같았다.

지함은 판단이 되지 않는 상태에서 우선 기다려 보기로 하였다. 아무리 살펴보아도 실제가 아닌 것 같으면서도 가만히 보면 실제 같기도 하였다.

'무엇인가? 나의 상식으로는 풀 수 없으니 어떠한 해답이 나오기 전까지는 기다려 보는 수밖에 없다. 힘닿는 데까지 답을 구해 보자. 그때까지는 어쩔 수가 없지 않은가?'

· 130 ·

지함은 모든 것에서 멀어져 보기로 하였다. 눈을 감지 않으면 판단을 정확히 할 수 없을 것 같았다.

'그래, 눈을 감자. 실체에서 벗어나 관념으로 보자. 나의 생각만으로 판단해 보자.'

지함은 그 자리에 조심스럽게 앉아 자신의 감각에 의존하여 모든 것을 생각해 보기로 하였다. 오감 중 시각을 제외한 다른 감각이 살아났다. 귀로는 바람 소리가 들렸으며 코로는 풀 내음이 들어왔다. 엉덩이에는 차가운 바위의 냉기가 느껴졌다. 모든 것이 산에서 느낄 수 있는 것들이었다.

보다 멀리 감각을 확장시키자 새 소리며 노루 뛰어다니는 소리가 들렸다. 풀들이 흔들리고 나뭇가지에 바람이 스치는 소리도 들렸다. 뒤쪽으로 귀를 기울이자 물 흐르는 소리도 들리는 것이었다.

'이것이 도대체 어찌 된 일인가? 속세의 일인가? 아니면 선계의 일인가? 스승님께서 나를 시험해 보시는 것인가?'

지함은 그대로 앉아 있었다. 모든 소리가 멈추었다. 고요한 가운데 파도 소리가 조그맣게 들렸다. 파도 소리는 점차 커졌으며 눈을 뜨면 앞으로 닥쳐올 것 같은 느낌이 들었다. 계속 눈을 감고 있자 물방울이 손등으로, 얼굴로 튀어 오르는 것이었다.

'눈을 뜨지 말자. 모든 것이 시험이 아니겠는가?'

물결은 더욱 거세어져서 나중에는 지함을 덮어씌우는 것이었다. 온몸이 물에 젖은 상태로 잠시 있자 바람이 불며 추위가 몰아쳐 왔다. 이가 딱딱 부딪치는 소리가 들릴 정도로 추웠다. 옷을 만져 보자 얼음이 만져지는 것 같았다. 내장이 얼어붙을 것 같은 추위 속에 바람이 매섭게 몰아쳤다.

'너무 춥다. 옷마저 젖었으니 견디기가 너무 어렵구나.'

지함은 눈을 떠 보려 하다가 가만히 생각하자 '지금 겪고 있는 것들이 스승이 자신을 시험하는 것이 아닌가.' 하는 생각이 들었다. 이러한 과정이 모두 자신의 인내력을 시험하는 것 같았다.

그렇다면 이 시험의 답안은 무엇일까? 눈을 떠야 할 것인가? 말아야 할 것인가? 눈을 뜨면 무엇이 보일 것이며, 그대로 감고 있으면 무엇이 달라질 것인가?

전에는 이러한 경험을 한 적이 없다. 그렇다면 이것은 하늘공부를 하기 위한 어떠한 과정일 것인가? 입학시험이라면 어떠한 일이라도 치러야 할 것이다. 치르는 과정이 험하고 견디기 어려울지라도 겪을 것이면 겪어야 할 것이다.

아버지의 얼굴이 떠올랐다. 내가 이 정도의 힘겨움에 하늘공부를 포기한다면 어찌 돌아가서 부친의 얼굴을 뵐 수 있을 것인가? 이 정도 추위에 견디지 못한대서야 어찌 하늘공부를 할 수 있을 것이며, 나아가 자신에게 부과된 과제를 처리할 수 있을 것인가?

지함은 그대로 앉아 있었다. 이번에는 바람의 방향이 바뀌며 따뜻한 바람이 불어왔다. 옷에 얼어 있던 얼음이 녹아내리며 옷이 말라가고 있었다. 얼어붙었던 몸이 점차 녹아 가고 있었다. 몸이 따뜻해지자 다시 편안한 마음으로 앉아 있을 수 있었다. 하늘에서 우렁차게 새가 우는 소리가 들렸다. 이제껏 들어 보지 못한 새 소리였다.

'무슨 새의 소리일까?'

우는 소리를 들어보아서는 아마도 상당히 큰 새 같았다. 우는 소리가 쩌렁쩌렁 주변을 울리고 있었다. 얼마나 큰 새이기에 그 소리가 주변을 울리는 것일까? 새 우는 소리가 사자 우는 소리처럼 산하를 울리는 것 역시 처음 겪는 일이었다.

하늘에서 들리니까 새가 운다고 생각하지 그렇지 않다면 무슨 짐승이 우는 소리로 알았을 정도로 우렁차고 힘 있는 소리였다. 그 새가 우는 소리가 하늘을 가로질러 지함이 앉아 있는 곳으로 다가오고 있었다.

지금은 자신이 어디에 앉아 있는지조차 생각이 나질 않았다. 눈을 감고 있는 사이에 주변의 정황이 많이 바뀌고 있는 것 같았다. 따뜻한 바람에 옷이 마르고 있었다. 이제는 견딜 만하다는 생각이 들었다.

모든 것이 편안해지며 잠이 쏟아졌다. 앉아 있기가 힘들 지경이었다. 추위에 고생스러웠던 모든 것을 이 따뜻함 속에서 잊어버리고 싶었다. 그러나 바람이 더운 정도를 지나 점점 더 뜨거워지고 있었다. 견딜 수 없을 정도로 뜨거워지고 있었다.

'이것은 또 무엇인가? 사람의 인내력을 시험하는 것인가? 아니면 나의 몸을 강철로 만들고자 하시는 것일까? 이것은 담금질이 아닌가?'

불을 바로 옆에서 피우는 것처럼 뜨거운 바람이 불고 있었다. 견딜 수 없을 만큼 뜨거운 바람이었다. 눈을 감고 있는 상태에서 많은 변화가 지함을 휩쓸고 지나갔다.

'일단 견디어 보자. 무슨 변화이든 설마 죽을 일이야 있겠는가? 참을 수 있는 데까지 참아 보고 안 되면 눈을 떠서 장소를 옮겨 보리라.'

이렇게 눈을 감고 있는 것이 상책인지도 판단이 되지 않았다. 허나 눈을 뜬다면 이 뜨거운 공기에 눈이 상해 버리지나 않을까 싶게 뜨거운 바람이었다. 이 정도면 더 이상 견디는 것은 무리가 아닌가 생각을 하던 중 열기가 약간 식어 가고 있는 것이었다.

· 131 ·

지함은 눈을 뜨고 앞을 보았다. 그림이었다. 분명히 그림이었다. 서서히 움직이고 있는 것을 자세히 바라보니 화산 그림이 서서히 뒤로 지나가고 있었다.

'그림이라니?'

그림이되 화산이 폭발하여 용암이 흘러내리는 그림이었다. 그렇다면 전에 본 것들도 그림이었던가? 지함은 뒤를 돌아보았다. 저 멀리 아까 본 그림들이 지나가고 있었다. 강과 산, 절벽의 그림이 있었으며, 들판이 있는 끝에 바다도 있었다. 엄청나게 큰 새가 날아가는 것도 있었으며 그 뒤로 용암이 흘러내리는 그림이 있었다. 단순히 그림이었는데 그렇게 뜨거울 수 있다니? 이 그림이 무엇이란 말인가?

그림은 자신의 옆에만 있는 것이 아니었다. 아래로 위로 양옆으로 지나가고 있었다. 양옆과 위로 지나가는 것은 이해가 가는데 아래로 지나가다니? 이럴 수는 없었다. 어찌 사람이 앉아 있는데 그 밑으로 그림이 지나간단 말인가?

'내가 떠 있는 것인가?'

지함이 내려다보니 자신이 공중에 많이 떠 있는 것도 아니었다. 하지만 그림과 자신의 사이에 약간의 틈새가 있었다. 불과 개미 한 마리 정도가 지나갈 만큼의 틈이 있었으며 그 사이로 그림이 지나가고 있었다. 둥그렇게 생긴 것도 아니면서 자신의 사방을 싸고 흐르고 있었다.

'이상한 그림이로군. 내가 깔고 있는 것이 그림임이 확실하다면 이 그림은 어떻게 그려진 것일까?'

아무래도 보통 그림이 아니었다. 인간 세상에서는 볼 수 없는 그림을 보고 있는 것이다. 이 그림을 무슨 그림이라고 할 수 있을 것인가? 자신으로서는 상상도 할 수 없는 그림을 보고 있는 것이었다.

더욱이 그 그림에서는 실제의 열기와 신선함, 그리고 내음이 풍기고 있었다. 그림이되 인간이 겪고 느낄 수 있는 모든 것들이 그 안에 들어 있었다.

'이것이 어떻게 가능한 것인가?'

이때 지함의 머릿속을 지나가는 것이 있었다. 예전에 언젠가 스승이 선화(仙畵)란 것이 있다는 말씀을 하셨다. 이 그림은 선계에서만 볼 수 있는 그림이되 가끔 수백 년에 한 번씩은 인간도 볼 수 있는 기회가 주어진다고 하였다.

하지만 그것은 하늘과 특별한 인연이 있어야 하며, 그 그림을 본 사람은 크나큰 사명을 가질 것이라고 하시지 않았던가? 그 그림은 그 기운을 완전히 느끼고 받아들였을 경우 그 안으로 들어갈 수도 있는 그림이라고 하셨다. 허나 그 그림을 이해하고 받아들이지 못한다면 그 그림과의 인연이 멀어져 다시는 볼 수 없을 것이라고 하시지 않았던가?

'선화'

틀림없이 그림인데도 모든 기운이 그대로 느껴지는 것이었다. 속

(俗)에는 이러한 것이 없어 어떻게 설명하여야 할는지 모르겠으나 너무나 사실 같은 그림이었다.

지함은 조심스레 앞을 바라보다가 일어서서 살며시 발을 내디뎠다. 저 멀리 보이는 것과는 달리 그냥 땅을 딛듯이 발이 땅에 닿았다. 발이 땅에 닿기는 하였으나 그림이 저 멀리 보이는지라 혹시 살얼음처럼 꺼진다면 아득한 벼랑에 떨어질지도 모를 일이었다.

하지만 떨어지지는 않은 채 그림을 밟고 그대로 서지는 것이었다. 그림 상으로는 오 리 정도 떨어진 곳이라서 불안하였으나 밟고 서니까 일어서지는 그림. 지함이 입체 그림을 밟고 서 있는 것을 누가 본다면 공중에 떠 있는 것처럼 보일 것이었다.

'언제 이 그림들이 끝나고 올바른 것들이 보일 것인가?'

지함은 그러한 생각을 하다가 문득 이것이 선계의 시작이 아닌가 하는 생각이 들었다. 그렇다면 이 그림에 익숙해지는 것 역시 나의 일일 것이다. 그림을 피한다고 모든 것이 피해지겠는가? 그럴 수는 없을 것이었다.

그리고 선계는 자신이 가고자 하였던 것은 아니나 하늘공부를 하려면 어쩔 수 없이 가야 할 것이 아니겠는가? 모든 것에 빨리 익숙해지는 것이 좋을 것 같았다. 익숙해지는 과정 중에 그림에 익숙해지는 것도 한 방법일 것이다.

· 132 ·

'좋다. 그림을 받아들이자. 선생님께서는 내가 그림에 익숙해진 후 오실지도 모르는 것이 아닌가? 그림에 익숙해진다는 것은 선계의 실체에 익숙해지기 전에 선계를 익히는 방법 중의 하나일 것이다. 아마도 가장 좋은 방법 중의 하나가 아닐까? 그렇다면 지금은 몸을 움직일 필요가 없을 것이다. 그림을 보고 있는 것만으로도 공부가 될 것이 아니겠는가?'

 자신의 생각이 올바른지 알 길은 없었으나 그렇게 하는 것이 가장 좋은 방법일 것 같았다. 도대체 스승님께서는 어디에 계시는 것일까? 황당하고 이해하기 힘든 부분이 있긴 하였으나 모든 것이 이미 결정되어 있는 것 같았다.
 자신만이 모르고 있을 뿐 스승님께서는 자신의 움직임을 바라보고 계시는 것 아닐까? 아니 스승님뿐 아니라 선계의 모든 분들이 나를 바라보고 계시는 것 아닐까? 그렇다면 행동을 조심해야 할 것이다. 마음 놓고 있을 때가 아닌 것이다. 지함은 옷매무새를 가다듬었다. 그리고 정좌하여 앞을 보았다.
 그림이 아직도 서서히 지나가고 있었다. 사계절이 지나가자 다시 사계절이 오고 있는 중이었다. 헌데 아까보다 지나가는 속도가 현저히 느려져 있었다. 자세히 살펴보자 더욱 그림이 흘러가는 속도가 느려지는 것이었다. 느껴질 정도로 속도가 느려지고 있었다.

그렇다면 자세히 바라보면 더욱 느려질 것이 아니겠는가? 지함은 눈이 빠질 정도로 그림을 자세히 바라보았다. 그러자 그림이 현실과 혼동이 될 정도로 더욱 자세해지는 것이었다.

'이러한 조화가 있는가? 이렇게 바라보다가는 현실과 그림을 다시 구분하지 못할 수도 있지 않겠는가?'

하지만 그림임을 알고 나서야 그럴 리는 없을 것 같았다. 지함은 선화를 보면서 배울 수 있는 것은 전부 배워야 할 것이라고 생각하였다.

그림이 다시 바뀌고 있었다. 사람에 대한 일이 그려지고 있었다. 사계절이 아니라 한 사람이 태어나고 성장하며 돌아가는 그림인 것 같았다. 사람의 일생에 대한 일이었다. 먼젓번처럼 그림이 그려진 것을 바라보고 있는 것이 아니라 그림이 그려지는 것을 바라보고 있는 것이었다.

그림이 그려지는 것이 아주 재미있었다. 가느다란 실선이 하나 지나가고 나면 그 옆에 굵은 선이 그려지고 그 선 사이로 색깔이 입혀지면서 음영이 더하여지면 사실보다 더욱 사실 같은 그림이 되는 것이었다.

붓이 보이는 것도 아니고 사람이 보이는 것도 아닌데 그림이 그려지고 있었다. 나뭇잎 모양의 그림이 그려지고 나면 그 그림이 살아서 바람에 흔들리는 것 같은 착각이 들 정도로 생생하였다.

아무리 선화라고 해도 그렇게까지 만져질 수도 있을 정도의 그림이 될 줄은 상상도 못한 것이었다. 지함은 선화로 그려지는 사람과 배경을 보고 있었다. 그림이 그려지는 속도가 빨라 움직이는 것처럼 보이므로 꼭 만화영화를 보는 것 같았으나 너무나 사실 같아 활동사진을 보는 것과도 같았다. 앞에서 그림이 그려지는 속도와 움직이는 속도가 빨라 눈이 어지러울 때도 있었다.

· 133 ·

지함은 정신을 차리고 다시 한 번 그림을 보았다. 그림 속에서 보이는 것들이 어디선가 본 듯한 것들이었다. 사람들 역시 본 것 같았으며, 배경 역시 어디선가 본 듯한 것들이었다. 그림의 내용들이 눈에 익었으며, 사람 역시 아는 사람들 같았다. 이들이 하는 행동 역시 익숙하였으나 약간의 처음 보는 것들이 있었을 뿐이었다. 배경 속의 인물이 처음에 아이들이었을 때 하는 행동은 아는 것들이었다.

하지만 이들이 커 가면서 행동의 양식이 점차 바뀌어 가고 있었다. 나이들이 열 살 정도에 이르자 보통 사람들이 하는 행동에서 벗어나 하늘공부를 하는 모습으로 바뀌고 있었다. 하늘공부를 하는 모습이 보통 사람들과는 달랐다.

바로 서거나 거꾸로 서거나 앉아 있는 모습, 서서 움직이는 모습들이 지함이 알고 있는 것과는 달랐다. 사람의 수도 점점 늘어나고 있었다. 처음에는 한 사람이 있었으나 점차 서너 사람으로, 대여섯 사람으로, 여남은 사람으로 늘어나더니 나중에는 수백 명으로 늘어나고 있었다.

　이들이 하늘공부를 하는 모습은 어떠한 일정한 교본에 의해 움직이는 것 같았다. 기운의 흐름에 따라 어떠한 움직임을 취하고 있는 것 같았다. 따라서 거꾸로 서 있는 사람의 경우에도 전혀 힘들다거나 하는 것을 볼 수 없었다. 일견 부자연스러울 것 같은 자세가 너무나 자연스러운 것이었다.

　하늘공부에 대하여 지함은 아직 본격적인 공부를 하고 있다고 할 수 없었다. 스승의 가르침을 기다리고 있는 정도였다. 하지만 이들은 본격적인 하늘공부를 하고 있는 것 같았다.

　그리고 그 단계가 어느 수준을 넘어 기운과 동화된 것 같은 느낌을 주고 있었다. 흐느적거리는 듯한 행동이 마치 물결에 수초가 흔들리는 것처럼 무리가 없었을 뿐 아니라 그들의 행동이 때로는 자연을 주도하는 것 같은 느낌을 주는 때도 있었다.

　모든 것이 완전한 일체였다. 하나의 부조화가 발견되지 않는 상태. 그것이 완벽이 아닌가 싶을 정도로 어디에서도 부조화를 찾을 수 없었다. 이러한 단계로 가는 것이 하늘공부의 목적이 아닐까? 아무리 눈을 씻고 보아도 전혀 어떠한 작은 흠도 잡아낼 수 없는 세계가 거기에 있었다.

　'완벽, 과연 이것이 가능한 일인가?'

지함은 숨이 멎을 정도로 자신이 놀라고 있음을 느꼈다. 모든 것들이 제자리에서 자신의 역할을 수행하면서도 어느 곳에서도 기운이 중복되거나 비워진 곳이 없었다.

세상에 그러한 세계가 있을 수 있다는 것이 경이로울 정도였으나 바라보고 있는 지금 전혀 그것이 이상스럽게 느껴지지 않는 것은 스스로 생각해도 더욱 경이로운 것이었다.

모든 것이 너무나 놀라우면서도 전혀 이상스럽지 않은 세계. 인간이 살고 있는 속세에서는 상상도 할 수 없는 것들이었다. 사람들이 자연스럽게 서로 주고받으면서 상승작용을 하고 있었다. 서로를 믿고 서로를 도와주며 노력하는 세계. 어떠한 느낌을 서로 주고받는 것 같았다.

무생물도 무생물이 아닌 인간들과 동일한 역할을 부여받고 그 역할을 하면서 움직이고 있었다. 이것이 그림 속에서 일어나고 있는 일이라서 그런 것인가 생각해 보았지만 그것이 아니었다. 그림인 것처럼 보였으나 그림이 아닌 또 하나의 현실이었다.

움직임이 있었지만 그 움직임조차도 그림이 중복되어 움직이는 세계이면서도, 사실보다도 더욱 사실 같은 세계. 선계의 실상을 그림으로 바라보면서도 그림으로 바라보고 있다는 생각이 들지 않을 정도로 완벽한 그림의 세계. 그림이 이럴진대 실상을 대하고 나면 어떨 것인가?

지함의 가슴은 두근거렸다. 앞으로 나는 스승님을 따라 선계를 볼지도 모른다. 아니 볼 것이다. 그렇다면 선계의 실상은 어떠한 모습으로 다가올 것인가?

'아차'

지함은 자신이 지금 해야 할 일이 그림을 깊이 있게 바라보아야 하는 일임을 깨달았다. 지금 다른 생각을 할 여유가 없는 것이다. 내가 지금 어떠한 생각을 할 짬이 있단 말인가? 잡념에 들 촌각의 시간도 없는 것이다.

저 그림은 그림이 아니고 내게 스승님이 내려 주시는 과제인 것이다. 일생일대의 과제를 앞에 놓고 이 무슨 생각을 하고 있단 말인가? 지금은 선계의 공부를 하기 위한 전 단계에서 예비학습을 하고 있는 것이다. 이러한 과정을 겪으면서 저 그림을 그냥 흘려보낼 시간은 없는 것이다.

지함은 다시 그림을 열심히 바라보았다. 그 많은 사람들과 주변 환경이 움직이고 있는 것에서 어떠한 원칙을 찾아내려 해 보았다.

'원칙?'

잘은 모르겠으되 어떠한 원리에 따라 행동이 이루어지고 있는 것이다. 그렇다면 그 원리를 찾아내는 순간 나도 그들과 하나가 될 수 있는 것 아닐까? 하지만 아직은 감이 잡히지 않았다.

'무엇일까?'

 당장은 찾아낼 수 없을는지 모른다. 하지만 계속 집중하여 바라보다 보면 무엇인가 찾아낼 수 있을 것이다. 그것을 찾아내려는 나의 노력이 잘못된 것은 아닐 것이다. 이러한 생각을 하는 순간 그림으로부터 나오는 기운이 자신을 감싸고 있지 않은가?

하늘연못 속으로

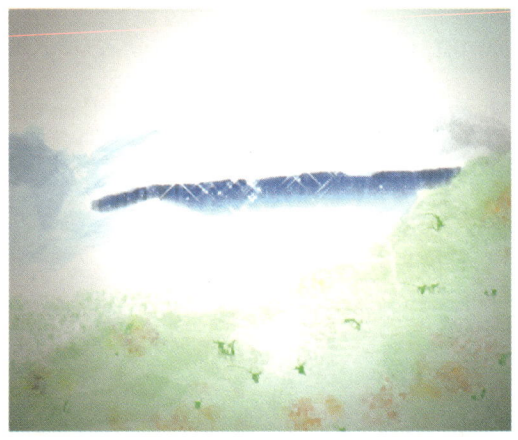

· 134 ·

아주 포근하고 따뜻한 기운이었다. 봄바람처럼 아늑하게 지함을 둘러싸고 있었다. 알 듯 모를 듯 둘러싸는 기운이 점점 진해지면서 지함의 주변을 에워쌌다.

주변의 공기가 달라지고 있었다. 지함은 그림에서 나온 기운에 취해서 다시 앞에 보이고 있는 그림을 보았다. 사람들이 움직이고 있는 것이 점점 정지되고 있었다. 모든 것이 따라서 멈추어 서고 있었다. 주변의 빛은 환해지고 있는데 동작이 점점 둔해지고 있었다.

지함은 고개를 들어 모든 것을 다시 살펴보았다. 자신이 지금 보았던 사람들의 그림은 큰 그림의 일부였다. 다시 보니 움직이지 않고 있는 것을 움직이는 것으로 착각하였나 싶을 만큼 그림이 정지해 있었다. 그림의 끝이 보이지 않았다. 너무도 크고 넓어서 끝이 없는 그림 같았다.

'이렇게 넓고 큰 그림이 있다니?'

저 높은 하늘의 끝에서 저 아래 땅의 끝까지 그림이 펼쳐져 있었다. 좌를 보아도, 우를 보아도 그림은 연속되어 있었다. 그 그림의 한쪽에서 다른 쪽으로 자신이 움직이고 있었다. 그리고 멀어져 가고 있었다.

그림 속의 수많은 사람들과 돌, 나무, 풀, 강과 산 등 주변의 환경들이 어우러져 보이고 있었다. 모든 것이 작아져 갔다. 그러나 자세히 보면 아주 작아진 것도 아니었으며, 크게 보려고 하면 크게 볼 수도 있는 것이었다.

하지만 그림이 점점 넓어지고 커지며 산하를 포함한 그림으로 바뀌고 있었다. 그림으로부터 나오는 기운이 그림의 한 곳으로 집중되어 몰려오는 것 같았다.

· 135 ·

'어디인가?'

그림의 한 가운데 청색의 작은 점에서 엄청난 기운이 뿜어져 나오고 있었다. 그곳을 바라보자 그림의 중심에 작은 연못이 하나 있었다. 가만히 바라보고 있자 그림 속의 연못이 아니고 정말 연못인 것처럼 보이는 것이었다.

주변의 실개천에서 흘러 나온 물이 그 연못으로 흘러 들어가고 있었다. 그러나 그 연못에서 물이 흘러 나가는 것을 볼 수는 없었다. 그 모이는 물들이 흘러 나가는 대신 기운이 되어 솟아 나오는 것 같았다.

'저렇게 기운이 좋은 연못에서 물을 떠 마시면 아마도 엄청난 기운이 솟아 나올 것이다.'

가만히 연못을 내려다보자 그 연못은 지상의 연못이 아니고 하늘의 연못인 것 같았다.

'천지(天池)'

하늘의 연못, 천지 같았다. 왜 그런 생각이 들었는지 모르지만 천지 같았다. 하늘의 연못이 아니고서는 이러한 기운이 나올 수도 없을 뿐더러 물이 흘러 들어가는 것만큼 흘러 나가는 물도 있지 않겠는가?

이러한 생각을 하고 있는 가운데 연못에서 나온 기운이 서서히 지함의 아래로 몰려들더니 지함의 아래에 방석 모양으로 형성되는 것이었다. 그곳으로 몰려든 기운이 점점 진해지더니 지함의 엉덩이가 약간씩 들썩였다.

기운이 부양력을 발생시키는 것 같았다. 지함은 손으로 바닥을 만져보았다. 헌데 바닥이 만져지지 않았다. 이미 손으로 바닥을 만져볼 수 없을 만큼 들어올려진 것이었다. 지함은 그림 위로 들어올려져서 아래를 내려다보았다. 아직 높이 떠오르지는 않았으나 한 뼘 정도의 높이로 떠올라 있었다.

'사람이 떠오르다니?'

아무리 선계공부 중이라고는 하나 사람이 떠오른다는 것을 상상하여 본 적이 없었다. 전에 '축지(縮地)'라고 하던가? 사람이 엄청나게 빠른 속도로 원하는 장소에 도착한다는 말을 들은 적은 있으나 떠오른다는 말을 들은 적은 없었다.

겨우 일곱 살일 뿐인 지함의 입장에서는 그리 많은 경험을 할 시간이 없었던 것이다. 헌데 지금 속세를 떠난 지 얼마의 시간이 흘렀는지 모르지만 그리 길지 않은 시간에 많고 다양한 경험을 하고 있는 것이다. 이렇게 짧은 시간에 많은 것을 경험하는 것이 하늘공부와 어떠한 연관이 있는지는 모르겠으나 어쨌든 다른 사람이 경험할 수 없는 일을 겪어 보고 있는 것 같았다.

'떠오른다.'

　단순히 재미있는 일만은 아닌 것 같았다. 떠올라서 무엇을 어떻게 하겠다는 것인가? 떠오른다는 일이 이렇게 가볍게 조금만 떠오른다면 모르되 높이 많이 떠올라서 어디론가 날아가 버릴 수도 있지 않을까?
　바람이 불지 않는다면 괜찮을 수 있으나 바람이 세게 분다면 자신이 원하지 않는 곳으로 가 버릴 수도 있을 것 같았다. 이러한 생각은 괜한 불안감일까? 아닐 것이다. 처음으로 이러한 경우를 당해 본 사람이라면 누구나 그런 생각을 하는 것은 당연한 일일 것이다.
　떠오른다는 것이 이렇게 좋지만은 않은 일임을 느꼈다는 것은 발전인가, 퇴보인가? 어릴 때는 공중으로 떠오른다는 것은 하나의 부러움이자 불가능의 대상이었다. 헌데 막상 떠오르자 약간의 불안감이 느껴진 것이다.
　해결방법이 없는 불안감이 아니라고 할지라도 어쨌든 대책이 마땅치 않음에 대한 불안감이었다. 이러한 경우에 대한 상상조차도 해 본 적이 없는 지함으로서는 어떻게 대처해야 할지 알 수가 없었다. 지함은 스승님께서 나타나 주시기를 마음속으로 기원하였다.

하지만 얼마의 시간 동안 기원을 하였음에도 스승님으로부터는 어떠한 반응도 없었다. 스승님께서 잠시 선계에 가신 것은 아닐까? 하지만 스승님께서 계시지 않음으로 인한 불안도 뿌리 깊은 불안은 아니었다. 그저 스쳐 지나가는 표면적인 불안인 것이다.

역시 혼자 해결하여야 하는 것인가? 어쩔 수 없는 일이다. 몸은 인간의 몸이면서 공부는 선계의 공부를 한다는 것이 가능한 일인가? 모든 것이 불가능한 것은 아닐 것이다. 하지만 모든 것이 가능한 것도 아닐 것이다. 불가능할 것을 가능하도록 만드는 방법, 이것이 수련하기에 따라 다른 것이 아니겠는가?

그러나 지금은 그러한 생각을 할 틈이 없었다. 당장 발등에 떨어진 불을 끄기에도 급하지 않은가? 우선 공중에 뜬 상태에서 어떻게 해야 할지를 모르는 것이다.

지함은 가부좌를 한 상태에서 손을 뻗어 보았으나 안 되자 다리를 풀면 땅에 닿을 수 있을 것이라고 생각하였다. 하지만 다리를 풀어 내리뻗자 다시 바닥이 멀어지며 몸이 그만큼 공중으로 뜨는 것이었다. 역시 공중이었다. 마치 지함의 속을 알고 있는 것 같았다.

'이럴 수가?'

방법을 올바로 배워야지 내가 편법으로 무엇을 한다는 것은 잔꾀에 불과한 것이 아니겠는가? 정법으로 나가야 할 것 같았다. 무엇으로 가능하도록 할 것인가? 나의 능력으로는 더 이상 배운 것이 없다. 스승님께서 계시는 것도 아니다. 혼자의 힘을 시험해 보아야 할 것인가?

· 136 ·

 땅에 닿는다는 것은 지금은 안 되는 것이었다. 그렇다면 이렇게 뜬 이유가 무엇인가 알아야 하였다. 높이가 중요한 것이 아니라 땅과의 거리가 중요한 것이다. 즉 나의 몸의 어느 부분이 땅과 가깝다고 해도 항상 한 뼘 정도의 거리를 유지하도록 되어 있는 것 같았다. 그래서 다리를 뻗으면 다시 몸이 공중으로 올라가는 것이었다.
 지함은 지금이 그러한 작은 일에 신경을 쓸 만큼 한가한 시간이 아님을 깨달았다. 이 모든 것이 선계공부이다. 선계의 공부를 함에 있어 지금처럼 부수적인 것에 시간을 빼앗긴다면 무엇을 얻을 수 있을 것인가? 지금은 앞에 펼쳐지는 그림을 보아야 하는 시간인 것이다.
 그림을 보도록 하기 위하여 몸이 공중에 떠 있는 것일 것이다. 그림의 연못에서 나오는 기운이 나를 떠받치고 있는 것은 저 그림이 크기 때문에 좀 더 높은 곳에서 보라는 뜻이 담긴 것이 아니겠는가? 그러한 생각을 하는 순간 지함의 몸은 다시 서너 길을 솟구쳐 올랐다.
 이제는 떨어지면 다칠 것 같은 생각이 들 만큼 높이 공중으로 올라온 것이다. 이렇게 높은 곳으로 올라와도 과연 괜찮을 것인가? 아래를 내려다보니 아무것도 자신을 받치는 것이 없었다. 여전히 연못에서 나오는 기운이 자신을 위로 밀어 올리고 있는 것이었다. 헌데 전보다 더 강한 기운이 자신을 밀어 올리고 있었다. 그리고 연못의 크기가 더 커 보였다. 전에는 연못의 직경이 세 길 정도였으나 지금은 열 길 이상으로 넓어 보이는 것이었다.

자신을 받치고 있는 기운도 원뿔 모양으로 형성되어 자신을 받치고 있었다. 따라서 기운의 넓이로 보아서는 넘어지거나 할 일이 없을 것 같았다. 기운의 강도 역시 엄청나 손으로 아래를 밀어 보면 금방 느낄 수 있을 정도의 세기였다. 마치 사람의 손으로 밀어 올리고 있는 것 같은 느낌을 받을 정도로 강하게 자신을 밀어 올리고 있었다.

'세상에는 우리가 모르고 있는 것이 너무도 많다. 어찌 이러한 것들이 공부를 한다고 알아질 수 있을 것인가?'

무형의 기운이 이렇게 강한 힘을 가지고 있을 것이라고는 생각해 본 적이 없었다. 유형의 기운이 강한 힘을 가지고 있는 것은 본 적은 많아도 무형의 기운이 이렇게 강력한 힘을 가지고 있는 것을 본 적은 없었다. 그렇다면 무형과 유형의 기운 차이는 무엇인가? 보이는 것을 유형이라고 하고 보이지 않는 것을 무형이라고 하는 것인가?

우리의 눈으로 볼 수 있는 것은 무엇일까? 보이는 것이 전부라고 말할 수 있을 것인가? 지금 나는 보이지 않는 기운에 의해 들어 올려져 있는 것 아닌가? 그렇다고 이것을 부정할 수 있는 것인가? 그릴 수 없는 것이다. 엄연한 현실을 어떻게 부정할 수 있을 것인가?

이제는 보이지 않는 것을 인정하여야 할 시점이 된 것 같았다. 보이지 않지만 보이는 것보다 더욱 강력한 것, 이것이 바로 기운의 힘인가? 기운이란 무엇일까?

'기운'

저 그림이 그려지고 있는 것은 바로 기운의 힘일 것이다. 보이지 않는 물감과 보이지 않는 붓이 그림을 그리고 있는 것이다. 보이는 것과 보이지 않는 것의 차이가 없는 것이다. 단지 차이라면 보이는 것인가, 안 보이는 것인가뿐인 것이다.

보이지 않는다고 아주 안 보이는 것도 아닌 것 같았다. 눈으로 보이지 않을 뿐인 것이다. 다른 시각으로 보면 보일 것인가? 아마도 볼 수 있는 방법이 있을 것 같았다. 그것이 무엇일까?

'기안(氣眼)'

기의 눈으로 보면 보일 것 같았다. 지금 피부로 느끼고 있듯이 기만의 시각을 느낄 수 있는 방법이 있을 것 같았다.

'무엇인가

누군가는 이러한 방법을 알고 있을 것이다. 나는 아직 모르지만 어쨌든 알아내는 것에 상당히 가까이 접근하여 온 것만은 틀림없다고 할 수 있을 것이다. 지금 느끼고 있다는 것 자체가 그것을 말해 주고 있는 것 아니겠는가?

'기운'

하늘이 모든 것을 공평하게 배분해 준 것은 아닌 것 같았다. 사람마다 준 것은 있으되 그것이 각자 양적으로 질적으로 다른 것 같았다. 그 이유는 무엇일까? 지함은 그림을 보다가 점점 인간의 삶의 근본적인 부분으로 의문의 범위를 넓혀 가고 있었다. 그림이 시사하는 바는 인간의 모든 것을 총망라하고 있었다.

이제는 어떠한 것이든 지함이 원하는 것을 그림으로 보여 주고 있었다. 지함이 보고 싶은 것이 있으면 바로 그려서 보여 주는 것이었다. 그 그림이 그려지는 속도와 정밀도, 그리고 움직임에서 현실과 차이가 없을 만큼 발전되어 있었다. 그림인지 현실인지 구분할 수 없을 정도로 착각을 일으킬 만큼 모든 것이 완벽히 현실화하고 있었다.

'이럴 수가 있는 것이 선계인가?'

이러다가는 모든 것이 현실로 변할 것 같은 생각이 들었다.

'지금 그림이 내가 생각하고 있는 대로 변하고 있다. 생각을 잘 하지 못하다가는 큰일이 날 것이다. 장난으로 할 수 있는 일은 아무 것도 없다. 생각을 잘 하여야 할 것이다.'

이렇게 현실과 구분이 되지 않을 정도로 진화하여 나가는데, 생각을 잘못하여 그림이 현실이 되는 날에는 바꾼다는 것이 불가능할 것이라는 생각이 들었다.

'아마 그럴지도 모른다. 이 그림을 보고 있는 사이에 모든 것이 생각할 수조차 없이 바뀌어 가고 있지 않은가?'

이렇게 앞에 보이고 있는 것이 바뀐다는 것은 다시 한 번 생각해 보아야 할 부분이 있음을 말해 주고 있는 것이었다.

· 137 ·

지함은 머릿속이 번쩍하는 느낌이 들도록 정신이 들었다. 이것이 처음에는 그림이었으나 점차 그림이 아닌 단계로 발전해 나가고 있었다. 그렇다면 이것이 장차 무엇이 될 것인가? 내가 이 그림을 본 이후 얼마의 시간이 흘렀는지 모른다. 자신이 살아가고 있던 공간의 시간이 아닌 다른 시간이 적용되고 있는 것 같은 느낌이 들고 있었다. 그렇다면 이것을 어떻게 설명하여야 할 것인가?

아니다. 누구에게 설명할 일이 아닐 뿐더러 스승님께서만 아신다면 그것으로 족한 것이다. 아니 스승님께서 모르신다면 또 어떤가? 이것은 나의 수련인 것이다. 나의 수련인 것을 누가 본다고 하고 보지 않는다고 하지 않을 것인가?

지금 나에게 주어진 과제는 이 그림을 똑바로 보는 일이다. 이 앞에 보이고 있는 것이 그림에서 많이 발전하여 지금은 그림인지 아닌지 알 수 없으되 어쨌든 그림에서 발전하였으므로 그림이라고 불러야 옳을 것 같았다.

사람의 눈에 보이는 것은 모두 색을 가지고 있으므로 우리가 볼 수 있는 것이며, 그 색은 그 물체가 원래 가지고 있는 것일진대, 이러한 모든 것들은 한편으로 지금 보이고 있는 그림과 동일한 많은 면을 가지고 있었다.

'그림이라?'

이 세상에 사람의 눈에 보이는 것 중 그림이 아닌 것이 어디에 있겠는가? 이러한 그림이 있다는 말을 들어 본 적도 없거니와 이러한 그림이 나의 앞에 나타날 것이라고 생각해 본 적 역시 없는 터여서 지함은 시간이 흐를수록 많은 궁금함을 가지고 있었다. 의문의 덩어리가 점차 커지고 있었으며, 그 의문의 덩어리가 앞에 있는 그림을 보는데 집중하기 어려울 정도로 자신의 생각 중에서 큰 부분을 차지해 가고 있었다.

지함은 머리를 흔들었다. 지금은 그림을 보아야 할 때이다. 헌데 잡념이 성장하면서 그림을 보는 것을 놓치고 있지 않은가? 그림을 놓친다는 것은 지금 해야 할 수련을 놓친다는 것을 말해 주는 것이며, 지금 해야 할 수련을 놓친다는 것은 다음에 언젠가 다시 하여야 할 일이 있음을 말해 주는 것이 아닌가?

'!!!'

아니다. 그것이 아닌 것이다. 지금 이 단계에서 해야 할 일을 놓친다는 것은 다음에 할 수 없다는 것이 아니겠는가? 시간은 한 번 뿐인 것이다. 다시 지금의 이 시간이 온다고 장담할 수 없는 것이다. 다시 시간이 있다고 해도 지금의 시간이 아니며 그때는 그때의 시간인 것이다.

그때는 지금 겪고 있는 단계를 가고 싶어도 갈 수 없을 것이다. 지함은 한순간의 나약함으로 주어진 과제를 다하지 못할 뻔하였다는 생각이 들었다.

'참으로 다행이다.'

헌데 지금 하고 있는 이 생각이 나의 머리에서 나오고 있는 것인가? 아무래도 지금 겪고 있는 것하며 내가 생각하는 것들이 자신이 이 나이에서 겪을 수 있는 일들이 아닌 것 같았다.

'나는 지금 일곱 살이다. 헌데 일곱 살에 이러한 것들을 겪고 있는 것이 정상적인 것인가?'

"정상적인 일이다. 너에게는 할 일이 있으므로 앞으로 이보다 더한 수련도 있을 것이니 마음의 준비를 차분히 하도록 하여라."

스승님의 음성이었다.

"어디에 계시온지요?"

대답이 없었다.

"스승님."

"……."

잘못 들었는가? 역시 대답이 없었다. 잘못 들은 것은 아니었다. 지금 자신이 잘못 들을 만큼 정신이 없지 않은 것이다. 준비를 차분히 하라는 스승님의 말씀을 듣는 즉시 마음이 착 가라앉으며 모든 그림이 다시 정상적으로 보이는 것이었다.
잡념이 사라졌다. 잡념이 사라진 후 그림이 보다 가까이 정상적으로 보였다. 마음이 맑아지자 그림이 더욱 맑고 깨끗하게 보였다. 새롭게 보이는 그림은 이제 거의 현실에 가까운 형상으로 보이고 있었다. 주변을 돌아보아도 어느 것이 현실이고 어느 것이 그림인지 잘 구별이 되지 않았다.

이제는 그림과 현실이 하나가 되어 가고 있었다. 이제는 이럴 수가 있다는 것이 이상하지도 않았다. 지금 와 있는 곳이 어디인지는 모르지만 어쨌든 모든 것이 최상의 조건을 유지할 수 있도록 되어 있음을 의심할 수 없도록 되어 있었다.

이러한 조건이 마음먹기에 따라 움직인다는 것은 감히 상상을 할 수 없는 일이었다. 인간으로 있을 때는 먼지 한 톨, 모래 한 알까지도 자신의 생각대로 움직일 수 없었던 지함은 현재 자신이 있는 곳의 이러한 여건에 많이 놀라고 있었다.

앞에 보이고 있는 장면들을 따라가기에도 바빠서 내심 마음을 정리할 시간이 없었지만 자신이 숨을 크게 들이키고 날숨을 잘 쉬지 못하고 있음을 느끼는 순간 얼마나 경악하고 있는지 알 수 있었다. '인간으로서는 올 수 없는 곳에 와 있구나.' 하는 생각이 들었다.

'스승님의 인도가 없었더라면 어찌 이곳에 와 볼 수가 있었을 것인가? 나는 참으로 천복을 타고 난 것이라고 할 수 있을 것이다. 이 기회를 잘 활용하여 나의 본래의 모습을 찾아가도록 하여야겠다.'

· 138 ·

지함은 앞에 보이고 있는 그림이 자신과 연관이 있는 것 같음을 느꼈다. 그림에서 보여 주고 있는 것들이 어디선가 본 것 같은 느낌이 들었을 뿐더러 꽤 친숙한 것들이었다. 사람들도 언젠가 만난 것 같은 사람들이었으며 모든 사물들이 본 것들이었다.

'어디서 보았을까?'

틀림없이 본 적은 있으나 자세히 생각이 나질 않았다. 그림 속에서 한 사람이 눈에 들어왔다. 아주 눈에 익은 모습이었다.

'누구신가?'

자신과 상당히 가까운 사람인 것 같은 생각이 들었다. 그 사람에 대하여 생각을 해 보려 잠시 앞의 사람에 집중을 하자 지금 보고 있는 그림 위에 다른 그림이 나타나며 그 사람이 태어났던 곳과 성장 과정, 그리고 현재의 모습까지를 보여 주고 있었다.

'아차-.'

바로 아버지였다. 아버지가 그림 속에서 나타난 것이었다. 아버지였음에도 어찌 그렇게 생각이 나질 않았던가? 아마도 연령이 너무 차이가 나서가 아닐까 하는 생각이 들었다. 자신의 기억에 남아 있는 아버지는 30대의 아버지였으나 그림이 보여 준 아버지는 20대의 아버지였으므로 기억에서 잘 찾아내지 못하였던 것 같았다.

'그렇다면 다른 사람 역시 생각을 하면 이렇게 다른 그림으로 보이는 것일까?'

아마도 그럴 수도 있을 것 같았다. 지함은 그림 속에서 보이고 있는 다른 사람을 앞에 떠올려 보았다. 백발이 성성한 분이었다. 아마 그림에서 보이고 있는 분들 중 가장 연로하신 분이 아닌가 싶었다.

'저분은 누구신가?'

다시 다른 그림이 펼쳐졌다. 그분의 모습이 보이고 있었다. 이제는 선화를 보는 법과 이용하는 법을 대충 익혀서 한결 마음이 느긋하였다. 보는 법은 놓치지 않으면 되는 것이요, 이용하는 법은 집중하여 생각을 하면 되는 것이었다.

-3권으로 이어짐-